書影文心

車馬喧中讀書樂

結廬學社

青森文化

目錄

讀課外書的課外書

　　語言和文字是我們溝通的主要工具，當然還可以利用圖片、動畫、手勢，甚而動作來表達。但以文字溝通至為重要。原因很簡單，因為只有文字，才能表達更有層次、更有深度、更有寓意的意識。我們爭取知識和學問，除了跟隨老師和前人學習，最好莫如閱讀。

　　由於時代的進步，電子工具的發達，時下青少年多愛看手機、電腦和電視，從中吸收資訊充實知識。本來無可厚非的，這類傳播工具自有其優點，但若因而放棄閱讀書本，實在捨本重末。我們無意在此比較兩者優劣，只強調閱讀課外書的重要。閱讀時除了接收作者的知識學問，還有自己的想像，自己思考的空間。更利記憶、分析、啟迪的思維。能閱讀優秀的作品，尚帶來趣味的娛情享受。

　　筆者認識的朋友及間接知道許多成功人士，都無不愛讀課外書。本書的作者群，也是極愛讀課外書。他們多年來相聚一起談文論藝，各抒高見，交換心得，以文會友。後來，不知誰人提議，結集成書，既留下珍貴閱讀經驗，又可給有志朋友和年青後學欣賞，實在是一樁極有意義的事。

本書的作者都好讀好學，而且都在社會工作一段日子，在各領域有不同的成就，人生經驗豐富。收錄於本書文章的行文措辭，非時下一般文筆可比，皆流暢雅達，無礙閱讀趣味。由他們撰寫介紹讀物，並加以賞析評述，除了拓展讀課外書視野外，還可以在論述中得到許多獨特見解，予人啟迪借鑑。本人誠意推薦，願達開卷有益之旨。並祝一切順利成功。

辛丑初春 誌

楊興安

書影文心

閱讀的無限樂趣

　　結廬學社 2007 年成立，初期成員全部都是楊興安博士寫作班學生。成員來自各行各業、五湖四海，大家都喜歡閱讀，閒來亦創作文學作品。每月聚首一堂，分享文學作品。「吾生也有涯，而知也無涯。以有涯隨無涯，殆已！」一生年月有時盡，天下好書讀不完。每月讀書聚會，各人輪番分享文學作品。看見大家用心預備，收集詳盡資料。非常慚愧自己文學知識非常貧乏，激發鬥志，更加努力讀書！

　　「結廬」出自陶淵明《飲酒詩》，「結廬在人境，而無車馬喧」。大家身處鬧市當中，每天營營役役，祈望遠離塵俗、保持平靜心境，享受閱讀樂趣。2020 年初開始，新冠肺炎病毒肆虐全球！必須保持社交距離，限制群體聚集。文學聚會亦要暫停，避免大家受感染！眾人熱愛文學之心不變，彼此鼓勵文學創作，互相切磋。感謝大家踴躍參與，我們精選優秀作品，分享曾經拍攝電影的小說，喚起大家共鳴。懇請大家多多批評，鼓勵我們繼續創作，出版更多作品！

結廬學社社長

丁錫全

回憶的承傳與延續

　　星垂平野闊、極目蒼穹盡。人類只是宇宙的微塵，卻在短促的生命中，留下印記。

　　在結廬學社聚會時介紹的幾部小說和改編成的電影，其主題都不約而同地處理著記憶。也許人類文明的延展，就是記憶與遺忘的掙扎。無論是罹患絕症的少年人，晚年回顧過去的專業管家，被圈養的複製人，又或是從月光下凡的仙子。他們都經歷著自己的一片天空，活過精彩的時刻，最後剩下淒美而蒼涼的回憶，令人百般滋味。

　　歲月流金，記憶成為創作泉源，沉澱成文學作品，留下人類思考的課題。如果可以選擇，人要活在回憶？還是抹去記憶？

南山哲也

表達輪迴的卓越橋段

——杜薇

— 2021 05 26 —

　　《雲圖》作者大衛・米契爾（David Mitchell） 1969 年出生於愛爾蘭，在肯特大學主修英美文學、比較文學。於日本廣島任教英文 8 年，深受村上春樹等作家的影響，處女作《靈魂代筆》（Ghostwritten, 1999）被評選為「三十五歲以下作家年度最佳著作」。2004 年著《雲圖》（Cloud Atlas），被譽為英國最重要的新生代作家。2007 年美國《時代雜誌》遴選為「影響世界最重要的一百位藝文人物」。

六個年代的故事

小說共有六個不同年代的故事：

〈亞當．尤恩的太平洋日記（The Pacific Journal of Adam Ewing）〉講述 1840 年間，律師行公証人尤恩（Adam Ewing）把到澳洲公幹取得的權利書等文件放在木菠蘿皮箱內，回程時吸引了古斯醫生（Henry Goose）的覦覬，他杜撰了寄生蟲的病症，對尤恩餵以砷及鴉片，搶走皮箱；尤恩面臨死亡時獲查珊島奴隸奧圖阿（Autua）相救，因而成為廢奴主義者。

1931 年間，佛比薛爾（Robert Frobisher）從比利時日德堅莊園（Zedelghem）共寫了 17 封信給摯友希克斯密（Rufus Sixsmith），相告他投靠英音樂家艾爾斯（Vyvyan Ayrs），二人互相利用及被其妻勾引的事。完成「雲圖六重奏」後，佛結束了自己的生命。

1970 年代，66 歲的希克斯密不願隱瞞加州濱海企業原子能零型反應爐未臻完善的實情，殺手比爾（Bill Smoke）奉命追殺，八卦雜誌女記者露意莎（Luisa Ray），亦被捲進追殺行動中。故事記敘在〈露意莎．瑞伊秘案首部曲（Half-lives: The first Luisa Ray Mystery）〉中。

〈提摩西．卡文迪西的恐怖考驗（The Ghastly Ordeal of

Timothy Cavendish）〉提及 2000 年代，倫敦出版商卡文廸西被誘騙入住蘇格蘭老人院奧羅拉大宅，他聯同老人們成功施計飛越大宅的故事。

2140 年間，首爾宋咪（Sonmi）型編號 451 的「量產人」在梅菲教授（Mephi）與學生尹海株（Hae-Joo Chang）的協助下，獲得「高昇」（思想有好奇心、感情有知覺、說話懂用詞）的訓練，並被誘發撰寫「革命宣言」。〈宋咪 451 的祈錄（An Orison of Sonmi-451）〉紀錄了整個過程。

〈史魯沙渡口及之後的一切（Sloosha's Crossin' an' Ev'rythin' After）〉訴說在 2320 年代，閃光轟炸「大毀滅」後，地球上倖存的少數部落散居在各地，夏威夷群島是其中一處。女先見美若寧（Prescient Meronym）被派往探訪考察，在寇納人大屠殺河谷人時，把受傷的沙奇（Zachry）救上先見號。

小說的寓意

「雲圖」是一個意境，作者像站在雲端高處，洞察地球自古至今以至未來的變遷，他以漫不經意的方式，在各故事帶出了他對人類權力慾望、經濟、科技發展、戰爭等等的看法，例如文中曾描述「許多世代的人們艱苦獲得的成果，可能只會因一個短視的總統動筆輕輕一劃，或是一個自負的將軍用

指揮刀隨意一指，就毀於一旦」；「戰爭是永遠伴隨人類的
伙伴。……外交，把戰爭中滿溢出來的東西抹乾淨，將戰爭
結果合法化，讓較強的國家可以將意志直接貫徹在較弱的國
家上」；「科學會設計出越來越血腥的戰爭工具，直到人類
的摧毀能力勝過我們的創造力，而我們的文明最終會將自己
帶向毀滅。」

　　我們的將來及百年後的地球會是甚麼樣子呢？作者構
思宋咪 451 當時的背景甚有說服力，那時代人類還可以利用
科技苟延殘喘，但最後仍逃不過「大毀滅」的命運。在最後
的故事裡，作者以女先見美若寧作出總結：「舊時代人的先
進技術能讓他們克服疾病、讓奇蹟成為平凡，卻沒法克服心
中的飢渴，想獲得更多東西的渴望……，這種渴望讓他們用
瘋狂的原子毒害土壤、並操弄壞掉的種子，所以新型瘟疫爆
發，……最後可悲地一個個國家崩解，退化成野蠻部落，文
明時代結束……」

　　小說從太平洋群島土著故事開始，經歷數百年多個時代，
最後以夏威夷群島土著故事作結，寓意歷史會一次又一次地
重演，如佛比薛爾尋死前所言：「一個永遠接著一個永遠，
永遠地播放下去。」

小說的包裝

主題曲《雲圖六重奏》隱喻了小說包裝的特色，六個故事一個套著一個，互相連繫，先述前一半，至第六個故事後，再以相反次序敘述後一半。

例如：尤恩的兒子把父親的日記集結成書出版，佛比薛爾在莊園房間書架上找到了有關書籍，但日記的後半部被撕掉了，故事中斷。希克斯密收藏摯友的 17 封信四十多年，被殺手槍殺時，夾在酒店房間聖經內前 9 封信落在露意莎手中⋯⋯

第六個故事後，作者又以不同方式讓每一故事的下半部呈現讀者眼前，結果，讀者便會選擇以不同的方式完成整部小說。各故事的連繫不影響其獨立性，這巧妙的包裝，讓追看故事的你，自會因此把小說再讀一遍。

寫作特色

六個故事分別以日記、書信、第三身敘事、第一身敘事、祈錄、講故事的方式表達，又按每個故事的背景配上不同特色。

律師的日記描述細緻，措詞文雅；出版家言語粗鄙，穢語連篇；牧羊人故事用字古舊，寓意時代歷史文明從「古代」重新再開始。

宋咪的「高昇」過程細膩，令人嘆服，亦以較多篇幅介紹想像中下世紀的世界，極具吸引力。作者又用各種名牌子代替了物件本身的稱呼，例如「sony」、「nikon」分別代替了「電腦／手機」、「攝影機」，加強了當時商業為主導社會的描寫。

落寞音樂家的信調子緩慢，常以樂器的聲音或樂曲節拍描寫某種現象及心情，最觸動人心的一段，是他回憶兄長來信以控訴戰爭的殘酷：「一個人可以把眼睛閉起來，但沒辦法將耳朵關上。……骨頭被子彈打碎的聲音……石頭碎片撞在鋼盔上彈開的砰砰聲……飛機低空飛過的聲音……」

作者以明快直接手法寫科學家與女記者被追殺的過程，並在情節中加進角色個人的思維，例如：希克斯密失望又無力，……他關掉電視，揑了揑自己的鼻脊。你們沒法收買我，所以想威脅我。我先前沒跟你們作對，主啊，原諒我，但是我不會再犯了。我不會再把良心坐在屁股下。

關於靈魂輪迴轉世，作者利用一顆彗星及其尾巴的胎記點綴這意念，年青音樂家、女記者、出版家、宋咪、女先見分別在肩胛骨附近都有此胎記，增添了小說的趣味。

關於電影《雲圖》

受片長限制，電影版本必然刪掉了很多橋段和角色，亦作了不少修改。影片把六個故事剪成一個個片段，交替分散地連接起來，而不是逐個故事講，顯見心思；不過，故事一個套一個的特色淡化了，觀眾亦未必能一下子便掌握，把相關的片段連結成故事，亦會因此錯過了一些契機。

為了迎合觀眾，影片作了一些修改，例如：奧圖阿懲戒了貪婪害人的古斯醫生，而不讓其逃之夭夭；殺手比爾被墨西哥婦人擊斃，代替與拯救者喬瑟夫同歸於盡的結局；增加了海株與宋咪被追殺逃亡的驚險橋段，以提供新型武器等視覺效果；牧羊人沙奇與女先見美若寧結成夫婦，開枝散葉。

頗喜歡影片一些彌補小說說服力不足的小瑕疵的改動，例如：音樂家佛比薛爾自殺的原因，小說提及是被公開與艾妻的姦情，難以在歐洲立足，同時發現心儀的夏娃並不愛自

己，作者頗多著筆描寫佛的「痴情」，但說服力不夠；影片則將佛塑造成「雙性戀者」，突出他與希克斯密的「斷背戀情」，在那歧視同性戀的年代，佛的性取向被公開及受到艾爾斯侮辱的傷害，說服力較強。

其次，誰在導演著宋咪發表宣言呢？小說提出是執政者企業聯盟，海株等人其實是臥底警察，雖帶給讀者意外，但有牽強之感；影片則改為海株等人確是反對派聯合黨人，較合情理。

另外，老沙奇在甚麼地方對子孫講故事呢？小說讓讀者自行想像，影片則刻意拍了外太空的景象，還安排小女孩問：地球在哪方？並將這段放在電影的結尾，這意景編排較小說為佳。

對於輪迴，電影顯見優勢，著跡地安排以相同演員在不同故事中扮演不同的角色，有時是毫不顯眼的小角色，有時是壞人、有時是故事主人翁，例如湯漢斯，分別扮演壞蛋古斯醫生、旅店掌櫃、科學家以撒、犯案被判刑的作家和牧羊人沙奇，寓意人生未必處處是主角，觀眾反應不錯，這確是小說不能達到的效果。

當然，剪裁後的影片，只能著墨於故事本身，未能完整帶出作者的寓意訊息，最感不足的，是不能仔細地刻畫角色的蛻變。律師尤恩對古斯醫生深信不疑，是因為兩人曾共同經歷了很多事；卡文迪西信任逃亡的友人，是因友誼的建立；宋咪由量產人「高昇」至有能力撰寫宣言，是花了不少時間學習和訓練；沙奇由不喜歡美若寧至對她堅信不疑，期間經過很多掙扎……

小說一點一滴地感染著讀者，使你享受到閱讀的樂趣，這實是電影不能取代的。

人與狼的愛恨交織

——杜薇

　　原始社會中，假借某種自然物為符號，並加以尊崇膜拜，作為一群體或一氏族的標誌，這種符號或形象，稱為「圖騰」，大多以動物或植物為標記。「狼圖騰」是內蒙古牧民的信仰。牧民膜拜狼，打狼後剝下狼皮筒子掛在高竿上，隨風飄揚，是為狼圖騰。他們相信狼會飛，讓狼清理死後遺體，可以經由狼把靈魂帶上騰格里（長生天）。

　　作者姜戎，原名呂嘉民，文革時是大學生，自願下放到內蒙額侖草原寶力格牧場插隊擔任羊倌，11 年的放牧生活，使他融入了蒙族牧民的習俗思維，認識了狼圖騰，在其後的歷史研究中，更以狼和羊的特點闡釋改朝換代的背景因由。《狼圖騰》小說中，作者描述主人翁陳陣、楊克、張繼原和高建中四位知青思想的變化，絲絲入扣，令人信服。

　　陳陣初到草原，看到草原人和草原狼之間的矛盾：牧民打狼，早春掏狼崽、嚴冬殺狼，但他們卻信拜狼圖騰，對狼凡事留一手，並不去盡。為了解開箇中矛盾，陳陣對狼產生

人與狼的愛恨交戰

21

了好奇，決心鑽研狼的特性，甚至與楊克一起掏狼崽，養下
小狼，與之建立了深厚感情。小狼在眾人反對下日漸長大，
額侖草原亦日趨變化，期間又突出了游牧與定居定牧、傳統
牧場與新式牧場間的矛盾，作者細緻地敘述了每一故事。

草原狼的特性

　　牧民膜拜狼圖騰，這是因為草原狼本身具備了令牧民欣
賞的特性。草原狼捕獵時多是集體行動，有計劃地作戰，作
者描述狼群圍捕黃羊、戰馬兩場戰役，都說明這特點；狼群
把獵物趕到大雪窩中，待獵物陷在雪中不能動彈抽身，才慢
慢大快朵頤，還會利用冰雪「冷藏」食物，待春天冰雪溶解
後享用。而狼群中老的、病的、傷殘的、弱小的，都受頭狼
的保護，母狼集體餵飼狼崽時有所聞，故狼吃東西時「狼吞
虎咽」，要在最短時間內吞吃最多，好帶回家反芻以餵哺幼
狼。

　　狼雖然怕火光亦怕人，但卻具有寧死不屈的性格，作者
用了幾個打狼的故事刻畫：頭狼前腿受槍傷，妨礙逃命，竟
把自己的腿咬掉了；公狼被追捕，無路可逃，寧跳下山崖；
母狼躲在洞裡，飽受爆竹轟炸，卻自行刨塌洞頂泥土，甘願
被活埋；大灰狼被吉普車追趕，跑至四肢痙攣，目光散亂，
仍不放棄逃亡，最後吐血身亡。這都使陳陣深受感動，領悟
草原牧民拜狼的因由。

陳陣和楊克掏了狼崽，養下小狼，小狼和狗崽一起長大，卻顯現比狗聰明，二人在觀察小狼性格的過程中，對之越加愛護疼惜。陳陣省下自己獲配給的肉食，煮成狼食，喊聲「小狼開飯咧」，小狼便會跑過來，但牠不會如小狗似的搖尾領情答謝，反而皺鼻齜牙，六親不認的不准旁人接近，一點也沒有被豢養的感覺。遛狼時小狼不讓人牽著走，只朝著自己想去的地方跑，盡顯不被馴服的狼性。小狼怕火怕煙，但在蚊災時卻領悟到燃點艾草的煙味有驅蚊的作用，克服驚怕，躺在煙霧下睡大覺。

書中感人的情節

書中最令人感動的是小狼學嗥認親的故事。小狼從學狗「慌慌」的「吠叫」轉而懂得鼻尖衝天，仰天長嗥地叫出「嗚歐…歐」的聲音，引來各方的注意，晚上狼群聚集接近陳陣的蒙古包不到 100 米，整個生產隊嚴陣以待，準備放狗打狼；狼王嗥聲尾音不長，頓音明顯，像在問「你是誰家的孩子？」「快回答！」可惜小狼只懂得摹仿嗥聲，不懂得狼的語言，回應以「你是誰家的孩子」「快回答」，狼嗥聲便一下子靜下來，估計狼王認為這是牧人設下的陷阱，於是帶領狼群悄然而退，小狼叫得力歇聲嘶，對話卻失敗得無可挽救。

「小狼之殤」亦是令人感動的一段故事。小狼在牧民搬遷草場時抗拒被牛車拉住走，牠齜牙咧嘴，身子重心後移，四

爪朝前撐地，梗著脖子，寸步不讓，寧忍受皮項圈勒至伸長舌頭翻白眼，就是不肯像狗似的被牽著走；被囚在糞筐中，小狼顯得驚恐，低頭弓背夾尾巴地站著；結果，小狼咬壞了牙，咽喉重創出血。後來牠再聽見遠方的狼嗥，自己卻發不出聲，便瘋狂衝拽鐵鏈木樁，咬斷病牙，喉嚨冒血，陳陣只好聽從畢利格老人「別讓小狼像病狗那樣窩囊死」而成全牠的靈魂。

人與狼的關係

蒙族畢利格老人是貧牧代表，收了陳陣作乾兒子，陳陣對他這老爸十分敬佩，亦由此認識了老一輩牧民對草原邏輯的看法，知道草原人和狼之間的相互依賴。

老人認為「草和草原是大命，剩下的都是小命，小命要靠大命才能活命。」草原養活了牛、馬、羊等吃草的，但牠們卻刨泥踏草，「吃草的比吃肉的更可惡」，加上旱獺、野兔和草原鼠挖洞藏身，糟蹋草地，變成處處坑洞的沙土，「要說可憐，就數草最可憐」。牧民除了設立四季草場，有計劃地遷場養草外，還刻意借助狼把有害草原的小動物去除。故此，牧民打狼時不把狼打盡，掏狼崽亦會留手，不然，「把大命殺死了，小命全都沒命」。同時，牧民獵殺黃羊時會留下一點作狼食，以減少牛、馬、羊的損失，而狼吃掉部份羊崽和馬駒子，卻幫助了牧民控制草地的載畜量。此外，狼還

會吃下遺在草原上的腐屍腐物，是草原的清道夫，這都令人、狼間建立互賴關係。

草原變遷中的矛盾

此外，作者對農牧之間矛盾的體會，亦不時穿插在小說中。牧民設立四季草場，定時有計劃搬遷，目的要保護草原這「大命」；他們認為狼是騰格里派來保護草原的，所以，必須與狼共存，他們不會把狼打盡。外來插隊的農民看到了偌大養著草的草場，卻心疼萬分，覺得這麼大片土地不種糧養人民，極之浪費；他們習慣了定居生活，便就地挖取湖邊泥土建房子，辟地種瓜菜養家鵝，把美麗澄清的天鵝湖變成渾泥水塘；他們恨狼罵狼，必須把狼趕盡殺絕；他們亦不像牧民似的愛狗、把狗視作朋友，反而恨狗打狗殺狗吃狗；牧民視天為父地為母，一切會飛上天的都不打不吃，農民卻吃盡一切背脊朝天的動物飛禽。

小說下半部敘述了草原引進新式的打狼法，人們廢棄了傳統沿用的草原狗、蒙古馬和套馬桿，代之以吉普車、小口徑步槍、毒藥、炸藥……草原狼被打盡了，倖存的都逃到蒙古邊界的另一方，結果，草原被糟蹋破壞，遍地是鼠洞，草地沙質化，河流乾涸成蚯蚓似的細水，草色遙看近卻無。令筆者搖頭嘆息，心疼非常。

同時，領導層引進了農戶「定居定牧」的生產方式，在「承包到戶」的制度下，草原被鐵絲網圈成一個個小牧場，牧農不顧所持草場的載畜量，過多地養羊，草場的草吃光了便購買「圈草」，或索性把羊賣掉，搬進城市去。牧農改以摩托車放牧，以吉普車代步，蒙古馬懶了，跑不快了，變成旅遊拍照的背景；草原狗的體形亦漸縮小成寵物狗，旱獺和一切會飛的都是小口徑步槍下的野味……在欠缺遊牧知識的農民經營下，牧農住進了設有電視天線、風力發電機的新瓦房，擁有吉普車，生活看似改進了，代價卻是額侖草原的退化。

精彩的寫情寫景

最後值得一提的是作者細緻描述的文筆，如「狼群打圍黃羊」、「狼群在白毛風下圍困戰馬於大泡子」、「畢利格老人帶領牧民黑夜圍狼天亮打狼」等戰役，又如「小狼學嗥與狼王對話」、「小狼搬家」、「小狼之殤」等故事，寫得絲絲細扣，精彩非常，教人看得屏住一口氣，不敢遺下半隻字。

然而寫景又是另一番風采，筆者就像置身畫圖中，觀其所觀，感其所感。以下介紹幾段令人難忘的景色描繪：

其一、草原風雲變色：

厚厚的黑雲，衝出北部邊境的地平線，翻滾盤旋，直上藍天，像濃煙黑火般地兇猛。瞬間，雲層便吞沒了百里山影，

像巨大的黑掌向牧場頭頂伸來。西邊橙黃的落日還未被遮沒，裹攜著密密雪片的北風，頃刻就掃蕩了廣袤的額侖草原。橫飛的雪片，在斜射的陽光照耀下，猶如億萬饑蝗，搧著黃翅，爭先恐後地向肥美富庶的牧場撲來。

其二、陳陣看到草原最後一個美得不能再美的盆地：

眼前是一大片人跡未至、方圓幾十里的碧綠大盆地。盆地的東方是重重疊疊、一層一波的山浪，一直向大興安嶺的餘脈湧去。綠山青山、褐山赭山、藍山紫山，推著青綠褐赭藍紫色的彩波向茫茫的遠山泛去，與粉紅色的天際雲海相匯……

其三、以天鵝借喻楊克不捨無奈的哀愁：

幽幽天鵝的彎彎頸項，像一個個鮮明的問號，默默地向天問、向地問、向水問、向人問、向世上萬物追問。問號在湖面上靜靜地移動，靜靜地等待回答。然而天地間寂靜無聲，只有水面上的倒影在波紋中顫抖，變成了十幾個反問號，一陣風來，十幾個反問在波汶和波光中破碎……

總結來說，這是一個沒有男女愛情的故事，但「情」這字卻已融化在整個故事中。

「消失」的深層意義

——林馥

　　《如果這世界貓消失了》在 2012 年出版，即暢銷突破 130
萬冊，更入圍本屋大賞，還拍成了電影。整個故事以第一人
稱描述故事，講一個郵差與一隻叫「高麗菜」的貓一起生活，
當他知道自己身患絕症後，對自己在 30 歲就告別世界感到憂
慮及不甘心，認為有很多事還未做而感到哀傷，在憂心時候
有個與自己樣子一模一樣但衣著不同的魔鬼出現，魔鬼提出

可幫他延續多一天生命，但條件是要他選擇一樣東西從世界
上消失，他為了延續生命而答應了魔鬼要求，以換取有限的
生命，在這段時間令他思考過去他做過和未曾做過的事。

選擇與反省

　　起初要手機從世界消失，在車廂上的人開始拿書來閱讀，
這是對世界好的，因自從有了手機以來，人只顧低頭看手機，
吃飯看手機，坐車又看手機，與朋友聚會又看手機。當手機
在世界上消失後，人就可以專心與朋友傾談、專心看書，不
再沉迷手機，這也是不錯的決定。但手機消失後就開始回想
到曾與他戀愛的女孩子，也是因為女方打錯電話而結緣，手
機在他生命中也是其中一種無可代替的意義，就是他與女朋
友的一種連繫東西，手機的失去也同時令他腦中某一樣曾經
有過的回憶也同時失去，他就感到難過。

　　其次，是電影的消失，作者認為電影是可有可無的東西，
當電影真的從世界消失後，他就記起很多他喜歡及陪他一起
成長的電影或音樂也一同地消失，他就感覺到生命缺乏某種
東西，因電影有他童年回憶，是陪伴他一起成長的歡樂回憶，
當它真要消失時他就有點不捨了。

然後，時鐘從世界消失，作者的父親是經營鐘錶店，當想到時鐘的消失會對父親的影響，也同時帶出了作者與父親的關係和心結。與此同時，作者認為時鐘是人發明出來，是規管人類的生活工具，起床、作息、工作及約會也是由時間來規管人類，認為人是時間的奴隸，沒有時、分、秒，人就可以活得自由自在，人只需要知道日出日落就可以，不需要時間來限制人的活動。

最後，說到貓要消失時，作者想到家中貓「高麗菜」是與他母親的一種聯繫，一種兒時與家人的快樂回憶，很多有關他兒童時期，母親與父親的回憶也從高麗菜身上反射出來，如果要貓從世界消失，他感覺生活就像缺失某樣重要東西，他的生命像失去了意義一樣。他突然覺得貓對他來說就如他的生命或比他生命更重要。

活在當下

小說似乎重複告訴世人，人往往在一樣東西唾手可得的時候，就不會懂得珍惜，當失去時就去追悔。《如果這世界貓消失了》一書作者似乎要說每樣東西，存在或者是消失也有其意義，電影院、時鐘、手機及貓全都是主角兒童時的回憶。我們生活在世界上，很多事物都是理所當然，經常見面

的親戚朋友，大家不覺得怎樣，當將要失去時，人才會醒悟為甚麼不多做一些事，當想到平日圍繞身邊的事物不是可有可無，而是連繫某些自己可能一向忽略的人，就會想辦法彌補，但感慨只有有限的生命，卻有無限的遺憾。

書中作者帶出一個問題，就是為了延續自己的生命，要選擇某樣東西在地球上消失，會選擇甚麼？這也是給讀者一同思考問題。小說似乎是作者對現今世界觀感的內心剖白，對一個人當臨死前對身邊事情種種醒悟，書中的貓是連繫了母親父親與作者的感情，也同時反映出作者孤寂的心靈。

故事到最後，主角在生命結束前，醒覺需要寫信給父親，當要到郵箱寄出時，他醒悟要見一次父親，所以他穿上他平日工作的郵差制服，踩著單車要將他的信親手送到父親手上，這是他作為郵差工作到最後的責任，同時也以他放下對父親的成見來結尾。

一個成功日本小說家，形塑角色或心境描述時每每是不溫不火、不浮不躁，也能觸動人心或能療癒人的心靈。

活著還是生不如死

——林馥

　　《活著》是中國作家余華的作品。1993年出版，1994年改編成電影，2004年小說被改編成33集電視劇。故事是以倒敘式寫成，由一個青年憶述在十多年前要到鄉村收集民間歌謠時，遇見一個老農徐福貴及聽他講述自己故事。老人將自己生於良好家庭，因沉迷賭博又將祖業敗光，而淪入窮農行列，他父親因此而被氣死的傳奇性故事說起。徐福貴在輸盡家財後，他的娘常說一句話：「人只要活得高興，窮也不怕。」這可能是作者想讀者明白，窮困也可以活得開心、活得快樂。

飽經滄桑的主角

　　書中主角經歷父親、母親、兒子、女兒、女婿及妻子相繼離世，描述活著的人內心悲傷痛苦及無奈。如徐福貴自己想不到，只是出城為了找醫師回去醫治他患病母親，途中卻被國軍捉去當兵，這一去就是兩年，後來被解放軍俘虜獲釋回鄉，回來卻發現母親已經離世，令福貴傷心不已，死亡令他與母親陰陽相隔。福貴為母親的離世，令活著的人痛苦。

活著還是生不如死

福貴兒子有慶的死也是個悲劇，反映貧窮鄉村小孩天真無知，因縣長老婆難產需要大量血，要村中學生排隊捐血，但只是有慶的血合適，縣長為了救老婆心切，有慶因抽血過量而死，福貴雖然想追究害死他兒子的人，卻發現縣長原來是當年被國軍捉去當兵時，一同出生入死的戰友春生，福貴發現他的戰友竟然沒有死，一時悲喜交雜，但想到他是間接害死有慶的人，福貴要追究有慶的死也猶豫起來，因為大家曾出生入死的戰友，福貴唯有放棄向春生追究。

但在春生心內對福貴兒子的死亡由始至終內心仍存有歉疚。這件事反映了當時的中國遇有問題時，可從人事關係解決，也即是掌權者可以凌駕於法律上，也是朝中有人好辦事積累下來的文化。有慶的死也反映中國貧窮的孩童悲哀，作者沒有特別文字譴責誰對誰錯，只是描述有慶能夠輪到他去捐血感到雀躍，反映當時的農民為生存，陷於困境也是逆來順受及對有權勢者私慾只得沉默及無奈。

書開始時老人吆喝：「二喜、有慶不要偷懶，家珍、鳳霞耕得好，苦根也行啊。」讀者未了解這名字對老人意義時，沒感受到對老人同情。當看完整個故事後，對老人活著而親人相繼離世，感到悲哀。家珍、鳳霞、二喜及苦根相繼離世，這對福貴是一個很大的打擊，但他最後仍選擇自己方式活著，買了一隻牛與他為伴，更用上福貴作為牛的名字，自得其樂

地虛擬幾隻牛一起耕田，還用他死去親人名字每天叫著，家珍、有慶、鳳霞、苦根、二喜來反映他對離世親人的思念。

矛盾的活著

《活著》一書令人傷感，主角徐福貴身邊的親人一個一個比他先離世，最後活著者也要有很大的勇氣。作者行文用字輕鬆有趣，令讀者讀後有種苦中帶樂的味道。

故事寫出死亡如過山車一樣，有高有低，如走過死亡幽谷再見太陽，每次以為有希望但還是悲劇收場，最後留下一個人活著，而這個可能比死亡更悽涼，令人感到世界悲哀和絕望。但《活著》在電影中沒有如小說一樣，在電影版本中，沒有書中死得那麼多人，電影有絕處逢生，令人產生希望，筆者仍然是喜歡電影版本，人要有希望，黑夜過後黎明總會來的感覺。

作者以死亡將故事一步一步推上高潮，最後只剩下徐福貴一人活著，正正切合了小說主題——活著。人一生要經歷人間的生、老、病、死、怨憎會、愛別離、求不得及五陰熾盛的人生八苦。話雖如此，總覺得每一個人的活著可能有其使命，當活得不耐煩時，驀然回首，過去的生活有曾影響別人或有被別人影響的事，其實是數之不盡。

早期《活著》一書在中國列為禁書，可能書中揭示中國的貧窮，以及有權有勢可取得更多，反之就是被剝削的一群，及也輕輕揭露當年國民黨與共產黨內亂及文化大革命亂象。俗語說：家醜不外揚，這是中國人根深蒂固心態吧。這書可以在中國拍成電影，這也是中國人的思想漸漸步向開明有關吧。

活著還是生不如死

動蕩國度中的孩子

——林馥

《追風箏的孩子》是美籍阿富汗裔作家卡勒德·胡賽尼的第一本小說。故事圍繞著 1970-2001 年間的阿富汗及美國作背景，阿富汗由平靜的地方，由初時政局動盪到局勢一發不可收拾，令人感慨到原本簡樸生活的人民突然飽受戰火蹂躪，改變人的生活也同時改變人的心靈。《追風箏的孩子》是卡勒德·胡賽尼在 2003 年以英文寫成的第一本小說，2007 年被改編成同名電影。

阿富汗的民間生活

作者童年在阿富汗生活，因此描述阿富汗風土民情也比較真實、生動及有說服力，而且能深入描繪出阿富汗人傳統風俗。如風箏比賽是阿富汗古老冬日風俗，由清早開始，人會將風箏升上天空開始直至最後一隻仍未被割斷才算勝利者，被割斷的風箏就會有一班人去追逐，爭奪掉下來的風箏帶回家作戰利品。

DATE : 2021.05.21

書中簡單寫出阿富汗人的簡樸風俗生活，如書中描述「阿富汗人尊重風俗，但討厭規則，鬥風箏也是這樣，規則很簡單：放起你的風箏，割斷對手的線，祝你好運。」作者在文中還寫了「阮先生會學著李梅傑斯恕眼眉倒豎，以緩慢的動作假裝正在跑步」，這是80年代美國著名電視劇《無敵金剛》中常出現的慢跑動作，如有看過當年此電視劇的讀者會更深領會作者的幽默。

而另一方面對阿米爾的父親在美國生活時，店舖老闆例行查看他的身份証，他感到憤怒及受辱，因在喀布爾每個人買東西不需要甚麼証明，「在喀布爾，我們折斷樹枝，拿它當信用卡」，作者以此去表達自己從前生活地方的簡單，人與人之間充滿信任，不像美國處處講法律講規矩，人與人之間缺乏互信。

戰火令人改變

整個故事最令人感慨的是原本簡樸生活的城市受戰火蹂躪，改變人的生活也同時改變人的心。就如書中說「你再不能相信任何人，為了獲得懸賞或者因為受到威脅，人們彼此告密。」

而身為僕人的哈山對小主人阿米爾的忠誠，從書開始與結尾，作者也重複用了同一句哈山講過的「為你，千千萬萬

遍」，有前呼後應效果，也突顯了人的忠誠也是由始至終沒變。哈山寧願自己受辱也要為他主人阿米爾保留最後掉下來的風箏，相反阿米爾看見哈山為了自己受辱也不敢挺身而出去救哈山，感到內疚及自責，深受內心榮譽感的折磨，最後要迫走哈山來驅趕自己心中的罪惡感。但他並不知道這造成了他永遠不能挽回的遺憾。令人想到一念之差作出某樣抉擇後，有時候不能挽回，往往後悔莫及。

阿米爾在家鄉政局動亂時逃亡到美國，他認為也是逃避內心罪惡感，正如書中寫「讓自己的罪惡沉在最深處，讓流水把我帶往遠方，帶往沒有鬼魂、沒有往事，沒有罪惡的遠方。」作者充分表達了阿米爾對哈山心存罪惡感，任由它埋藏心底。

戰爭爆發時只有男人去打仗，所以死傷者大多都是成年男人。「戰爭把父親變成阿富汗的稀缺物品。」這是作者道出對戰亂造成的傷害感到深刻體會。到後來阿米爾知道哈山原來是同父異母兄弟時，他內心更加內疚自責，知道他侄兒仍留在危險的喀布爾時，他決定要去做在二十多年前他沒有做的事，就是提起勇氣去捍衛哈山遇到的恥辱。此刻他要返回喀布爾，將他的侄兒從危險的地方帶走。這個他認為是他贖罪的機會，再次成為好人的路！也可以驅除埋在他內心的惡魔的機會。

書中作者寫從內戰到蘇聯入侵阿富汗，蘇聯撤退後，原以為可以回復正常生活，但又被另一個殘酷政權入侵，戰爭似乎永無止境，戰亂殺戮造成阿富汗地方愈來愈殘破，人民生活像在地獄中翻滾，原本安定生活永不復原，因戰亂而流離失所。作者藉此說出了一個政權紛爭，到不能控制時，戰爭一觸即發至不可收拾，令地區失控，悲慘痛苦只是當地平民百姓，戰爭它可以摧毀一個地方寧靜、傳統文化及人民的良心，也同時增加人的悲傷、猜忌及仇恨，永無止境。

戰爭是沒有勝利者的

這小說令人反思，因不同種族，不同利益團體及不同文化族群產生的衝突，也因尊嚴、榮譽及誠信受損產生的矛盾、猜忌及仇恨，稍為處理不好，就成了星星之火，小火變成大火，戰爭也就是由小紛爭累積而成，戰爭摧毀了世界定下來的法律及規則，世界失去秩序，甚麼事情也有可能發生，變成弱肉強食的世界。

不過，我認為小說中阿米爾被打得重傷仍成功逃脫阿塞夫追殺有點兒牽強，或許要讀者自由解讀，可能與阿米爾一同成長的阿塞夫，既是同一族裔也是競爭對手，但到最後要信守承諾放了他吧。

　　《追風箏的孩子》在任何國度都能感動人的心，皆因內容圍繞的種族衝突、歧視、友情、愛情、背叛、忠誠、寬恕與贖罪這是放諸四海皆有的。

金光閃爍的可卡田

——灰羊

有些傷口是不可以觸碰的。尤其是一些糾結已久，竭盡所能去改變卻未果的。只好，將那種痛，掩藏在內心深處，當作沒事。但是，那些小說家，專門去揭開包裹著傷口的重重棉花和紗布，令人不得不面對那血淋淋的事實，擾攘心思、讓人痛心。在金庸大師的筆下，有太多觸碰人心的人和事，我推薦大家看《連城訣》。

創作靈感來源

根據該小說的〈後記〉，《連城訣》的創作靈感，是來自金庸兒時老家的一位駝子長工的故事。年輕時，他跟鄰居一位貌美姑娘訂了親。某年年尾，一家財主叫他到家中，做幾天磨米粉的散工。晚上離開走進財主花園時，卻有人喊賊，並拿住他，且被幾個人用棍打斷幾根肋骨，令他終生駝背殘廢。他昏醒過來，竟發覺身邊有許多金銀首飾，說是從他身上搜出來的。之後，便送官收監，不明不白地關上兩年才放出來。期間，父母都氣死了，未婚妻卻嫁給那財主少爺作繼

連城訣

室。他自知被陷害，放監後刺傷了那少爺，被再度關入監牢。其後，財主不斷賄賂官府，想將他害死獄中，免除後患。幸得金庸祖父接任知縣，重審案件，知其冤情。並且，祖父辭官時也帶他回鄉，免他在獄中慘死。單是這個〈後記〉事實，已讓人熱血沸騰、深深不忿！為甚麼有財有勢的人，可以欺壓貧窮人至此！為奪人未婚妻，要打人至殘廢、插贓嫁禍害人坐冤獄、並賄賂官府使人遲遲不能出獄！實在太過分！幸好，我們不是活在清末。然而，現今的貧者愈貧、富者愈富、貪污腐敗、官商勾結、深層次矛盾，還會少嗎？

奇遇情節

就是在這個故事框架下，金庸創作了狄雲因大財主師伯萬震山的兒子萬圭，看上他的美貌師妹戚芳而陷入冤獄，繼而展開一連串的奇遇。為了免除後患，萬圭賄賂官府，在獄中使用鐵鍊穿了狄雲的琵琶骨，令他武功盡失、多年不能出獄、並娶其師妹。然而，獄中認識了丁典而學會了正派武功「神照功」及得著「連城訣」。丁典就是為了保存這「連城訣」不落入惡人之手，而被惡人（愛侶凌霜華之父）拆散鴛鴦，落入監牢遭惡打、毒殺。越獄後，狄雲卻被誤會是血刀僧的門下，被逼跟著血刀老祖去要脅中原四俠「落花流水」之水岱的女兒水笙入雪谷。四俠追入雪谷跟血刀老祖血戰，三位死去，剩下那位大俠卻阿諛奉承那惡僧、說出不少下流話，

並吃了三位義兄的屍體充饑。此間，狄雲得著《血刀秘笈》，集了正邪兩派最上乘的武功。

狄雲離谷回鄉，徘徊在以往常與師妹一起的山洞，撿回《唐詩選輯》。他化作郎中籍治理戚芳丈夫萬圭的病，而偷看師妹一面時，特意放下那本《唐詩選輯》，那竟是暗藏「連城訣」的《連城劍譜》！此後，戚芳暗中得知父親戚長發竟是被老爺萬震山所殺，屍體被置於房間一角，並以磚建牆封住。其實，戚長發跟萬震山和言達平本是師兄弟，為了奪取《連城劍譜》而聯合弒師，後來劍譜被戚長發暗中偷了，卻不知情地被戚芳拿去山洞玩耍。最後，「連城訣」的秘密泄漏，眾人都尋找到寶藏，就是藏在江陵城南破廟的佛像之內。各人拿著金銀珠寶，心花怒放的同時，卻瘋瘋癲癲漸漸死去，皆因那些珠寶餵上了劇毒。狄雲將丁典和凌霜華合葬後，感覺外邊的世界沒有比無人的雪地好，便返回雪谷，水笙卻在那裡等著他。

連城訣的比喻

為了揭露人性的黑暗面，金庸設計的佈局、情節、比喻，實在太精彩！「連城訣」是甚麼？是天下第一的武林秘笈？非也，在書的中段，他才揭露「連城訣」是尋找梁元帝大寶藏的秘訣。世上有甚麼，比金錢更令人目眩神迷？金庸就是拿著人心最著緊的，去揭露人性最真實的一面。為了尋找寶

藏、追逐金錢，人可以變成怎樣？虛情假意、猜疑防範他人，包括家人。戚長發文武全才，卻在女兒、徒弟面前假裝不識字，並刻意教授無用的花招劍式，讓他們永不能知道「連城訣」的秘密。還可以聯同師兄弟（萬震山、言達平、戚長發）合力弒師、並互相殘殺。殺徒弟：為免要將寶藏分一杯羹給徒兒，戚長發用匕首向狄雲背上一插。凌思退為了得著「連城訣」，不惜殺女。當戚芳知道《連城劍譜》和老爺萬震山為了《連城劍譜》而殺了父親戚長發的秘密後，丈夫萬圭甚至要殺妻、殺女，以絕後患。在金庸筆下，面對金銀寶藏，無論販夫走卒、官紳巨賈、武林豪傑、學究儒生，都費盡心機、前繼後仆，無一幸免。作者更用了一個充滿哲學性的比喻，就是在金銀財寶上餵了劇毒，讓讀者思想回味不已。金庸也不放過那些所謂正派人士，他創作花鐵幹大俠在危難時的一些情節，盡顯無恥。他奉承大奸大惡的血刀老祖、吃了三位義兄弟的屍體充饑、為掩飾己過先造謠毀水笙清譽。

引人入勝之處

正如金庸一般的手法，小說中懸疑位多、伏線多、誤會多、情節多而緊湊；令讀者不得不追看解迷，企望誤會冰釋。故事初段，教狄雲功夫的乞丐是誰？為甚麼要教他功夫去打敗萬圭？在中尾段才解迷是言達平，為使萬震山起疑而逼使戚長發拿出《連城劍譜》。為甚麼老實莊稼人戚長發的外號

為「鐵鎖橫江」？為何故意教錯徒弟「唐詩劍法」為「躺屍劍法」，如此不盡不實？小說後期才解迷，因《連城訣》要《連城劍譜》的「唐詩劍法」去解密，所以師父故意教錯劍路，以免徒弟知道寶藏秘密。狄雲穿上血刀僧袍，被誤會為貪色無惡不作的血刀僧，何時才冰釋誤會？戚芳誤會狄雲貪財與萬震山小妾私通，何時才還狄雲清白？狄雲入了萬圭菜園，如何脫險？考慮自身的安全下，狄雲希望血刀老祖勝，還是「落花流水」勝？如此種種，令讀者不能抗拒地追看。

還有，此小說奇峰突起，又合乎情理，讓人印象難忘又耐人尋味。其一，是萬震山患離魂症，每晚夜半起來砌磚牆。此匪夷所思的行徑，正揭示個人不可告人之秘密，他殺了戚長發又建磚封屍。這殺人的惡行纏繞著他靈魂，使他晚晚離魂砌牆。其二，是「連城訣」竟是數字，要遇水才在《唐詩選輯》上顯現，並且要配合《連城劍譜》的詩句，才可找出寶藏所在。

再者，金庸的文字儒雅優美，意境清雅致遠。例如以唐詩作劍招，讓刀劍打鬥中，亦縕藏文人氣息，提升品味。他塑造角色細膩真實出色，讓讀者全情投入：例如狄雲為鄉間青年，因新衣被人弄污而跟人拼命。

讀者不妨在閱讀時代入每個角色，在那特定的情景下，你的反應和行為，是否如書中的角色一樣？十分耐人尋味。

歷史的唯一

——灰羊

　　我認為世界上所有的中國人都應該看看溥儀寫的自傳
《我的前半生》。這位中國末代皇帝從尊貴的聖上變為漢奸，
再淪為階下囚及平民百姓，傳奇到古往今來、中西內外都找
不到第二位。更重要的是，他的一生經歷滿清敗亡、民國崛
起與轉變、中日戰爭、中華人民共和國成立等等，他的自傳，
根本就是中國近代的百年歷史，令人嘆為觀止。

溥儀的經歷中國近代歷史

　　這本書相當厚，內容豐富並有非常多的資料和史實，並不易看。加上他生逢亂世，朝代更迭，從帝制走向共和、從內外戰爭直至和平，要將此書看得明白，須要先看看中國近代歷史撮要。例如，1900 年八國聯軍入京，清廷簽下喪權辱國的《辛丑條約》；1912 年中華民國成立，滿清帝國正式滅亡；1931 年九一八事變，日軍攻佔沈陽；1936 年西安事變；1937 年七七事變，中日戰爭全面爆發；1945 年日本戰敗；1949 年中華人民公和國成立。他生於 1906 年，卒於 1967 年，在這些中國艱苦的歷史歲月中，他擔當著一個不能磨滅的的位置。

　　溥儀三歲那年，慈禧太后和光緒皇帝病篤，慈禧太后突然決定他為嗣皇帝。他入宮兩天後，光緒和慈禧相繼去世，便登基為清朝宣統皇帝。六歲那年，辛亥革命爆發，中華民國成立，被迫退位，然而，仍有清室的優待，有皇帝名份、有太監、大臣、宮女等在紫禁城居住。他在皇宮中仍過著帝皇生活直至成年。其間十一歲時，因軍閥張勳相助，讓他再次當上皇帝十二天，事敗後仍居故宮。十八歲時，軍閥馮玉祥驅逐他出宮。他移居天津，在日軍安排下，潛往東北。廿六歲當上偽滿洲國執政，廿八歲第三次當上皇帝，成為滿洲國傀儡皇帝。卅九歲時，日本投降，他被蘇軍押往蘇聯居住了五年後移交中國。四十四歲在中國撫順戰犯管理所囚禁改造了十年後特赦，當上一位在共產黨統治下的公民。

　　曾在獄中有人檢舉：「溥儀這人是奸詐、好用權術而又偽善的這麼一個人……」他可鄙可恨嗎？他曾用水唧筒沖得老太監昏死過去；派人燒死皇后婉容的初生私生子；擔當日本軍權下的滿洲國傀儡皇帝時，簽名「裁可」於種植鴉片作日本軍費的「鴉片法」及強征東北青年作炮灰的「國兵法」；在「狼」（日軍）面前是奉迎恭順的「羊」，在「羊」（家人、侍從、遺老）面前是殘忍暴虐的「狼」。日本投降，他寫下及念完「退位詔書」後，竟無恥地在日軍將領面前跪下說：「我太對不起天皇陛下了，儘管我退了位，我仍和日本一心一德！」最後，他在撫順戰犯管理所監獄中所寫的《我的前半生》，極力地對共產黨歌功頌德。

　　他可憐可憫嗎？他本是皇帝，卻常常被人迫逼，流離失所。例如軍閥馮玉祥驅逐他出宮，情勢緊迫：「再限二十分鐘，不然的話，不然的話……景山上就要開炮啦……」。又常在提心吊膽中逃亡：在民國軍閥控制監視下，假裝生病要進醫院，然後屈在車尾箱運走去天津的日本使館；在日本人保護下，從天津乘船偷渡到旅順，突然遇上民國軍兵發槍炮。當他到了東北，向日軍提出最初建議做「皇帝」而非「執政」的要求，回覆是：「如果不被接受……軍方也只有用對待敵人的手段作答覆。」接著溥儀「腿一軟，跌坐在沙發上，半晌說不出話來。」他身為頭號漢奸，被蘇聯押送往中國的途中，暗嘆：「似乎暗示著我和墳墓的距離愈走愈近。」正如

書中所寫：「中國之『新』，對我來說不過是又一次改朝換代，而任何一次改朝換代，對於上代君主都是厄運。」他終生都懷著死亡的威脅和惶恐，又因著至高無尚的名利權誘惑，驅使他畢生疲於奔命去追求，不惜卑鄙無恥和付上任何代價，令人嘆息。

野史穿插的趣聞

書中也記載了許多宮廷祕聞和歷史名人野史，充滿娛樂性。光緒和慈禧兩日內先後去世，光緒是否被慈禧毒殺的？御膳有甚麼菜式？皇帝去御花園，是否像電視劇一樣，有許多人跟隨？這些書中都有提及。當年蔣介石部下軍長孫殿英盜東陵，即乾隆和慈禧的陵寢，將陪葬的財寶搶掠一空。後來，蔣介石跟宋美齡結婚，竟讓溥儀發覺，慈禧鳳冠上的珍珠成了宋美齡鞋上飾物！故宮的寶物，如何不知所蹤？不少文物都是太監、宮女偷運出北京琉璃廠發售。最貴重的字畫古籍，例如司馬光的《資治通鑒》原稿，張擇端的《清明上河圖》等等，都是溥儀以賞賜溥杰（他弟弟）為名，運出宮外。

還有，本書揭露了日本人處心積慮部署侵華。有許多日本軍、兵、將、領、浪人、武士……早於發動戰爭前的三十年，已潛伏在中國當間諜。溥儀被逐出宮的早年，日本人已千方百計去討好保護他，部署作將來之用。日本軍人土肥原，曾策動關東軍幫助張作霖冒起。其後，因兒子張學良的影響，

張作霖較親近美國而不太聽從日本人的指示。因此，土肥原於四年後在皇姑屯炸死張作霖，以殲滅他的勢力。

最後，我勸籲各位看看這書。讀者不單只看見了一個人的懺悔，更驀然回首，看得見一幕幕中國人以鮮血與眼淚舖墊而成就今天的歷史。

體會沒有答案的生死問題

——南山哲也

極目穹蒼，渺小星塵，在生命中的偶遇，是美好的回憶。茫茫人海，命運卻讓兩個身體罹患絕症的年輕人，在短促有限的生命中，擦出炫麗淒美的火花。然而，不管走過的人間何其短暫，只要對人珍惜，就已經是永恆之中的美好缺憾。

美國作家約翰葛林（John Green）曾經獲得普立茲獎，《生命中的美好缺憾》則於 2012 年被選為最佳書籍，其後改編成電影。作者利用沉重的死亡議題，卻以輕鬆的筆調，探討著生命的喜悅、恐懼、悲傷和無常，故事帶出人們面對死亡的同時，對內心的恐懼，並且加入有趣的見解，作為緩解現實哀愁的方式，這也許是悲劇故事中的黑色幽默。那兩個年輕愛侶，海瑟和奧古斯都均是身患重病，受到肉體痛苦的煎熬，對於人生的理解，亦懷著不同的見解，各異的心情，不同的思緒，面對不同的人生課題，卻共同踏上尋找人生之路，最終雖然未有得到答案，但人在旅途上，各自找到生命價值的意義。生命短促而成缺憾，但也可以是美好的回憶！

體會沒有答案的生死問題

　　海瑟知道自己隨時都有可能離開這個世界，所以並不願意與他人交往，不希望留下傷痛，不願意有人因她的離世而難過。她被認為有憂鬱傾向，而她視癌症只是最終死亡的副作用而已。及至某天遇上同樣罹患癌症而康復過來的奧古斯都——她生命中最重要的男朋友。他希望自己能為了某種意義活著或死亡，他樂觀、重情義，處處為別人著想，希望死後大家依然能記起他。也因此，奧古斯都為了實踐自己的願望而實現了海瑟的夢想——往荷蘭尋找一本小說《莊嚴的痛苦》的作者未完成的結局。兩人的相遇、邂逅，使他們彼此的看法有所改變。

海瑟和奧古斯都的生命觀

　　海瑟在書中向奧古斯都談到：「有一天，我們每個人都會死。有一天，世界上沒有人會留下來，記得任何人曾經存在過。或記得人類曾經做過任何事情。……人類曾經做過、建立過、寫過、想過或發現過的一切都會被遺忘，而這一切都會變得一文不值。或許這一天很快就到了，或許是在幾百萬年之後，但即使人類度過了太陽崩壞的危機，也不能永遠生存下去。」奧古斯都便問到「妳（海瑟）相信來世嗎？」而海瑟則認為「永恆是個錯誤的概念。」接著，她向奧古斯都明言「我有多麼感謝我們共同擁有的小小無限，我不會拿

他替換世上任何東西。你在有限的日子裡給予我永恆，非常感謝你。」

在故事中，海瑟和奧古斯都對於死生的討論，人生的觀點，說來字字珠璣。引發讀者在無限的思考中回溯，對於病痛、對於生死、對於友情、對於現代醫學的局限，都會有更深體悟。本書用了「The fault in our stars」為題，可能是引自莎士比亞 Julius Caesar 當中的一句："The fault, dear Brutus, is not in our stars.....But in ourselves."正如本書封面的推薦所寫：「星星即使在數億光年之外爆炸，光芒仍會留在地球的夜空中。儘管在不完美的命運中相遇，留下的痕跡並非傷痛，而是美好的缺憾。」那麼，認知到星星的所謂錯誤，可能是我們對世界的誤解而已。

如何對生死作出抉擇

假若死亡即將來臨，我們的遺願會是甚麼？盡情享受有限的時間？為自己留下記錄而使人記得起？海瑟在生死關頭，被醫療人員搶救的時候，她在昏睡狀態中，也曾清楚聽到母親在哭泣著，並訴說：「我再也不是一位母親⋯⋯」生與死的界線並不含糊，但當人面臨隨時都有可能終止生命的時候，你又會以何種態度去面對終結？人們又應該如何面對自己或親友的生命結束？

　　海瑟和奧古斯都均知道，兩個同是身患絕症的人，他們的相愛並不會有結果。而在短暫的命運中相遇，卻創造了一段感人的愛情故事，儘管小說沒有令人手舞足蹈的快樂，但在淡淡的哀愁中，讀者們可以感受到生命中的美好缺憾。這是一本令人讀後心酸、催人微淚的作品，情節在傷痛中卻不失幽默的愛情故事，討論更具深度的人生體悟。

實至名歸的
諾貝爾文學獎得主

——南山哲也

《長日將盡》，寫的就是一位傳統英國管家史帝文斯（Stevens）回憶大半生的人生歷程。男管家服侍了達林頓勳爵三十多年，透過回憶而重新面對生命中的舊事，在不知不覺間，其嚴謹且具壓抑的情感逐漸被放開。對主角而言，對職責奉獻、並克己堅忍，抑止情感，就是尊嚴所需所在。諷刺的是那些尊嚴的原則見解，教人悲憫沉思，史帝文斯是否曾經浪費生命？

演繹國運的紳士管家

也許黃昏是一天中最美好的時刻。斜陽夕照，工作完成，可以抬起雙腿歇息，好好享受一下溫暖的陽光。若只緬懷往事，嘆息奈何，縈繞心神，只會令人沮喪。日落前的燦爛餘暉，正好映照管家真實人生的寥落，像斜斜的映象佇立長廊的盡頭，他的記憶就印在這寂靜的牆角，更添哀愁淒清。

年屆耄年的英國管家，因感受到社會轉型，而令這古老的貴族大宅人手短缺，服務水平每況愈下。適逢故人的來鴻而浮現百般想像。在新主人的提議及支持下，決意往外邊的世界看看。然而這位守舊的總管，卻以為在這座莊園宅邸內，已曾經見盡英格蘭的美好時光。然而只待在一隅，真能看清世界？正如在旅途中第一天的黃昏，遇到一位老翁並提醒他：「你要是沒能上去看看，將來一定會感到後悔的。誰知道

呢……」。這次初到英國西南部旅行，暫別那多年未嘗離開過的家——達林頓莊園（Darlington Hall），踏上這段充滿回憶的旅程，並對往昔未付行動之情仍帶著一絲絲憧憬。

在旅途中，他不斷回憶二戰前夕。侍奉著那個同情納粹的貴族主人，莊園宅邸經常款待國際賓客，共商和平的可能性。他律己以嚴，盡忠職守，壓抑自己的情感，以至不能送別父親的離世，更錯過了一段可能是很美好的愛情。他又以專業操守的尊嚴而引以為傲，就算意識到納粹的可能意向，也三緘其口，守口如瓶，最終就是貴族菁英和他們昧於自身的價值理想而使德國坐大，最後由年輕一代戰死沙場——小卡蒂諾先生在戰爭期間在比利時陣亡，為上一代錯誤的信念而付出代價。這也許是長日將盡的隱喻，日不落帝國，步向帝國的餘暉。及至旅途末段，他在斜陽淡秋的海邊，與故人重逢。只是她由始至終都展現含蓄的微笑，發乎情、止乎禮，兩相道別，回望前塵，往事不勝唏噓。

以消極推動積極

作者通過史帝文斯先生的回憶，舖陳二戰前夕英格蘭的政治歷史、文化傳統，從而刻畫出一個偏執保守的「英式紳士管家」，這是當時英國真實的人文景觀。正是如此景況，帶出日不落帝國的斜陽西下，也是故事主人翁悲劇命運的寫

照。而最終，在碼頭的彩燈亮著，他見到附近一群陌生人正愉快地談笑，至此才想到法拉迪先生──他的新僱主，經常跟他戲謔說笑，而他亦決意返抵達林頓大宅後，重新以幽默的方式投入工作，這至少是為了適應而改變，也是對自己之前大半生的反思。追悔過去無益，應採取積極態度，善用餘生，畢竟斜陽晚霞，正是每天最美好的時刻。

長日將盡之際，記憶到底還剩多少？歲月流金，留下的種種印象，沉澱成文學小說，可百般細味。

複製人的心路歷程

另一篇要談到的小說是《別讓我走》。小說透過主角凱西的回憶，描述一群充滿童真的小孩──複製人，寄宿在海爾森學校的歲月。那是一個已經失去的年代，不能再復見的世界，唯只能留在凱西的回憶之中。及至他們漸漸長大之後，才察覺到這個世界存在著另一種設定，同學們的未來，命定要成為一個器官捐贈者，直至步向完結──死亡，這是唯一的安排。

回憶之所以不能被奪去，就是生而為人的尊嚴所在。凱西透過回憶而追溯往昔，重拾過去如夢似幻的真實，從而重新確認自我，認知世界，經歷啟蒙。在每個記憶片段，因思憶而重新縫合，得以回顧當年的蒙昧，才領悟到失去、失落，

而傷痛已然銘刻於內心深處，無可消除，肉身和靈魂的頹敗，也無法挽回。這無可言喻的悲哀，而面對命運的無奈感覺，更是淒慘。

在這小說世界中，人是處於孤寂的狀態，被外部環境所播弄。情感被壓抑，就連性、愛、夢想這些人類的本能，均一一被剝奪，更甚者還有藝術創作，卻不曾被當局正視。在故事中，校內小孩的作品，也曾經被收集過。「……我的作品像廢物，一半也是她上次說的話造成的。……夫人的藝廊是非常重要的，比我過去以為的還重要。我現在才明白。」，藝術作品是為顯示複製人在內心深處，確有夢想的真實，確有靈魂的吶喊。

凱西與湯米最終重拾的愛，並非流於肉體的激情，而是靈魂深處的平靜和永恆，遺憾的卻是這麼短促，令人哀嘆，剩下來的只有人的記憶不能被帶走，沒有被遺忘。「等到我終於可以過個比較安寧的生活時，不管他們把我送到哪個中心，海爾森將永遠在我心中，牢牢地鎖在我的腦海裡，任何人都不能帶走這段回憶。」

複製人是否人類

也許，我們不斷在追尋生命的意義，在人類歷史的長河，我們不停地思索。人類的科技發展，不斷進步，當上世紀末

至本世紀初，第一隻哺乳動物——綿羊（桃莉）——被複製成功，突破生命科技的發展，隨即引發了公眾對於複製人的想像，在受到讚譽的同時也引來了爭議不休。在造物者和被創造者的關係上，複製人的議題最具爭議。軀體等外物可以被複製，但「靈魂」可能被複製嗎？有了靈魂的複製人，並可以執行人類所賦予的使命，再進而可以累積記憶，更而思索其自身的存在意義，那又是何等景況？僅是純粹複製出只具功能性的「人類替代品」，這複製物可稱為「人類」嗎？若這些物種，也有情緒、具思考，更有記憶能力，在追尋生命價值的同時，作為造物者——人，又應如何自處？

這本書並不單純是科幻小說，當中並沒有艱澀的科技術語，也沒有觸及道德倫理的討論。作者只透過凱西淡淡的回憶，冷酷地梳理出複製人的內心感受，那殘酷的命運設定，促使讀者闔上書頁的時候，還會反復思量科技的利弊，人類生命價值的意義。無論讀者以科幻作品或是青少年成長的回憶錄作為指向，每當凱西回憶起海爾森寄宿學校的人和事，到她已身為看護，照顧其他捐贈者而言，故事的結局均無可避免地令人心碎、令人沉痛。

多少年後，每當幾個複製人——器官捐贈者重遇上，相聚一刻的美好時光，相伴回到過去成長的學校——他們被圈養的地方，重拾生活的片段，回憶過去的拼圖，補遺他人的生命經歷，他們或許會叩問：「我是誰、我們有靈魂嗎？」

到底充當器官捐贈者有何生命意義？或許某天，當複製人有了思想、感情、記憶，最終還是會以平靜之心境，向其友朋輕喚：「別讓我走！」

擴闊讀者視野的偉大作家

從莊園宅邸管家到複製人看護，石黑一雄所創作的小說主角，總是假裝世事一切如常，甚麼事也沒有發生過，而長久的壓抑，在回憶中覺醒的記憶，還有敘事時表面平淡的真實細節，才是作品最具張力之所在。小說被改編成電影，拍攝背景是風光明媚的英國小鎮。

他對於探討人生、人性，有獨特的視野，並充滿人文關懷。記憶亦是作者不斷探討的議題。通過記憶的連結、重組往昔的場景，串聯敘事人物的情感瑣事，交織出既虛幻又真實的人生故事。思憶使角色人物的生命得到現實的體認，人在依戀失去的往昔，生命卻慢慢地被遺忘，回憶往事，便成為生命中最唯美的悲歌。在其小說世界中，人生是孤單在世，被龐大的社會結構所控制，情感被壓抑，愛與夢想被消磨。縱觀其作品，是透過敘事主角的記憶片段，觀照出人物複雜的內心世界。從回憶與慾望的爭持與衝突，思憶被扭曲及模糊，人性脆弱的情感，命運的抉擇、或是把認知交託與那些身處於世界軸心的大人物，都是出自人們心靈深處的真實吶喊。其情感更包含哀憐、感慨、同情、淒美等內涵。

　　這兩本小說，明顯是截然不同的題材。一個是保守英國貴族管家的偏執故事，另一則是以生命科技為主題的青春成長經歷。但是兩者本質的意義是相通的，均扣連世界、身份認同、階級意識和回憶往昔，最後從蒙昧中確立自我意識，面對生命價值。或正因小說對生命的闡述刻畫入微，《長日將盡》及《別讓我走》先後被搬上銀幕，而 2017 年諾貝爾文學獎，更落入英籍日裔作家石黑一雄之手，以表揚他對文學與社會的重大貢獻。

　　石黑一雄曾言：「我經常喜歡書寫關於記憶，觸及思憶與遺忘」（I've always liked writing about memory, about remembering and forgetting.）。年月隨時間的改變，剩下的只有蒼涼的記憶。人——將往何處去？是歷史的終結，是被遺忘的邊緣。最後只有人的尊嚴不能被剝奪！哲學家用不同方式解釋世界，文學家以不同故事洞察人生。穹蒼萬里，渺渺星塵，人只是過客，唯閱讀能拓闊視界，記憶可藏於心底而歷久常新。我推薦諾貝爾文學獎得主石黑一雄的小說。

再三回味的日本傳統的民間神話

——南山哲也

　　傳統日本深受中原唐朝文化及佛教的影響。「物語」是類似於中國民間神話及傳說。而故事萌生於日本本土，及對外來神話和民間傳說加以想像，並且把發生的事向人講述。也就是敘述的故事經流傳、整理，在創意想像中，把文字增刪潤飾，加工和創造，提煉成具有浪漫色彩，及比較完整的小說文本，而成古典文學。據日本學者考證，從平安時期到鎌倉時代，至少有二百篇物語文學，現僅留存只有四十多篇。

　　日本古典文學《竹取物語》成書於九世紀末。作品中的主角人物，是透過一次奇妙的生命邂逅，帶出一些發人深省的生活故事。對人間倫理關係的理解，對理想世界的憧憬，不祈求佛道、儒學，而以月亮長生為代表的象徵，道出生命的意義。

故事揭示人類的腐朽

　　故事由一個斬竹為生的老伯開始，在竹林發現了一棵會發光發亮的竹樹，他好奇地走近看著，竹樹立即長出一朵巨花，花瓣打開，竟然內藏熟睡的小公主，伐竹翁便雙手捧著可愛的小女孩回家，盛放竹籃內撫養，小姑娘成長後取名輝耀姬。與此同時，每當老翁上山伐竹，常常發現竹節間藏著黃金，伐竹翁從此富甲一方，而輝耀姬更長成姿容豔美，引來許多達官貴人，熱烈地向輝耀姬求婚。

　　故事就此進入另一階段，也是最令人反省的部份。五位向輝耀姬求婚的人及五個難題的困惑。由於輝耀姬的美豔和伐竹翁的財富，吸引著世俗對慾望的追求。於是設定難題，由石作皇子往天竺國尋找佛祖的石鉢開始。庫持皇子到蓬萊仙山折取白玉枝。命阿部右大臣把中國的火鼠裘取來。大伴大納言要取得龍首明珠。石上中納言好把一個燕子的安產貝送來。但是在現實之中，那些難題只突顯出凡夫俗子之不自量力、弄虛作假，採用欺騙的手法。庸俗的求婚，對金錢權力的爭逐，淋漓盡致地揭示了人世間的虛妄，把愚昧和貪婪對照。

最後，最高權力的天皇亦對輝耀姬有非分之想，要納她為妃嬪。輝耀姬不從，更常於深閨中觀月，神態悲切，她乃是從月宮而來，行將往月宮歸去，對塵世的離別依依，百感交集。當輝耀姬穿上天之羽衣之後，亦對世間的記憶消失，遺留下來的就只有不死之藥，這也是富士雲煙之由來。

動畫的深度刻劃

於 2013 年，已故動畫大師高畑勳──日本吉卜力工作室成員，把《竹取物語》改編成動畫電影《輝耀姬物語》。動畫較文本優勝之處，是在於視覺感官上，可更有意識地表達了輝耀姬的內心感受。人生只能在世間走一遍，目標價值可能與俗塵不盡相同。如其中一幕是輝耀姬對權力的憤怒，表達的手法卻是她衝出豪華宅邸，在天上飛翔，並憶及童年往昔。

大師從日本古典敘事的素材中，尋找現代的生命意義，動畫加入輝耀姬從嬰兒到少女的成長點滴。而故事就是訴說生命的本質，結合父母對子女的期盼，現代怪獸家長、又或是虎爸虎媽的望子成龍心態，希望贏在起跑線，要小孩子學

習一大堆東西，卻沒有處理好與孩子溝通及了解其真正的成長需要。輝耀姬所感受到的快樂，是與她成長的童年，那些孩童時期的玩伴，是善良、真摯的幸福，那些粗茶淡飯與家人共聚的時刻，更非金錢財富可以買得到。那麼，人生的幸運是如何界定？價值觀又如何判斷？也許來自月亮的她，每分每秒都在追求生命的光輝。而動畫電影原創歌曲《生命的記憶》是音樂大師久石讓的作品，也許這就是對於生命價值意義的論斷。

我誠意推薦日本古典文學《竹取物語》之餘，也向已故日本動畫大師——高畑勳摯敬，其經歷八載才改編成的動畫電影——《輝耀姬物語》亦非常令人感動。

談不完的婚姻

——黃能能

愛情、婚姻，為愛情而結婚，為結婚而結婚，因為年齡到了要結婚，沒有愛情的婚姻，有愛情但沒有婚姻；長久以來總是談不完的話題。

中國現代著名作家張愛玲的第一部長篇小說，發表於1948年，原名《十八春》，1966年經修改後改名為《半生緣》，故事內容發展跨越三十至四十年代中國抗日戰爭的前與後共十八年長。故事骨幹是主人翁顧曼貞與沈世鈞由相識到相愛而至訂婚，後又因家人的欺騙破壞，導致互相誤會而分離。

小說裡的人物，有人可以沒愛情只為結婚而結婚的，有接受與不喜歡的人結婚後而後悔的，也有因為確認了對方不是自己喜歡的人；即使宣佈了婚訊仍然在婚禮前夕選擇悔婚的，有互相喜愛的人但結不成婚的，也有為愛情而結婚的，更有人因妒忌及個人私慾而設局陷害破壞親姊妹幸福的。

各個角色各有可惜

顧曼貞是清純美麗善良正直女子，出身貧寒家庭，依靠父親在書局工作的微薄薪水養活一家人；祖母、母親、姊姊、兩個弟弟及妹妹。年少時，父親病逝，家庭重擔落在她剛成年的姊姊曼璐身上，曼貞畢業後出外工作與沈世鈞及許叔惠兩位男同事成為好友，又與沈世鈞由好友發展成為戀人及到談婚論嫁，卻因被她姊姊設局陷害禁錮，終與世鈞音信隔絕。

而曼貞的姊姊顧曼璐，是家中大姊，父親早逝，上有年邁祖母及母親，下有年幼弟妹，為了一家人生活而當舞女，並與青梅竹馬已訂婚的小情人張豫僅取消婚約，經歷多年燈紅酒綠的生活，由一個單純漂亮的少女變成風霜婦人，由當紅舞女變成二路交際花，後來與暴發戶祝鴻才結婚，以為從此可以脫離交際花生涯建立安定的家庭，可惜祝鴻才只是一個低俗不堪、終日花天酒地的酒肉之徒，還迷戀妹妹曼貞的青春美色，曼璐因為心中的怨恨與妒忌，因為想討好及挽留自己的丈夫，設局幫鴻才強暴曼貞令其懷孕並禁錮她直到入醫院生了兒子。在曼貞被禁錮其間世均來找曼貞，她卻欺騙世均說曼貞已跟張豫僅結婚了。

另一角色的沈世均家境尚算不俗，父親在南京經營皮貨店，與姨太太居住，他母親長期被冷落，令他自小形成了自卑、沉默、軟弱的性格。他與曼貞相戀相愛，但被曼貞姊姊

曼路欺騙；以為曼貞已同曾是他情敵的豫僅結婚去了，在悲傷與失落的同時，選擇了他從來都不喜歡的人，石翠芝結婚了，生兒育女維持著安定的家庭。

而沈世鈞大嫂的表妹石翠芝是名千金小姐，任性高傲，但卻愛上了出身寒微的許叔惠，曾與表哥方一鵬即世鈞大嫂的弟弟，在兩方家人安排下結婚，但在婚禮前夕向一鵬取消婚禮，因為她所喜歡的人是許叔惠，接受不了一鵬。但後來翠芝又接受了互不喜歡的人——沈世均，與他結婚建立家庭。

而許叔惠出身寒微但自尊心強，是沈世鈞及顧曼貞的同事兼好友，經世鈞認識了石翠芝，兩人互生情愫，但叔惠忍受不了翠芝母親的勢利及白眼，始終避開翠芝的表白，後來去了美國發展。被翠芝悔婚後苦惱不已的方一鵬，翠芝對他避而不見，唯有找翠芝的密友寶文嫻問過原因，文嫻將翠芝愛上了叔惠之事告知，他心裡放下了翠芝，喜歡上了文嫻，之後與文嫻結婚了。

至於張豫僅與顧曼路青梅竹馬，自小有婚約，曼路因要做舞女養家而與他解除婚約，他對愛情感到落寞消極而到年過三十仍是單身，但十年後再遇曼路時，見到她已是一個庸脂俗粉的中年婦人，對她已沒感覺了，卻喜歡了年輕美麗的曼貞，這也是導致曼路妒忌曼貞而設計陷害的其中一個伏線。豫僅也被曼貞拒絕了，後來也找到了對的人結婚了。

原來半生緣

曼貞被祝鴻才強暴成孕及被禁錮，直到要生孩子曼璐才迫不得已送她入醫院，她在醫院得到同房的協助放下嬰兒自己離開了醫院逃出了曼璐及鴻才的魔爪；她自力更生，到曼璐身患絕症垂危之際找到了曼貞，懇求她的原諒，並希望曼貞能回去嫁給鴻才及照顧兒子。後來在曼璐死後，曼貞為了兒子的成長，嫁給了鴻才，希望給兒子一個完整的家庭，然而，鴻才死性不改，惡待曼貞及兒子，曼貞決定帶兒子離開鴻才。

經歷了種種滄桑，多年後曼貞與世鈞又重遇了，兩個相愛的人卻已不能回首了，曼貞說的一句話：「世鈞，我們回不去了。」總結了他們的愛情悲劇，深深的無奈與悲嘆！石翠芝與張叔惠也重逢了，翠芝與世鈞結婚後，甘心做賢妻良母維持著安定幸福的家庭，即使她知道自己的丈夫心裡常常想念著另一個女人，直到知道世鈞要去同曼貞見面時，她都沒有表露任何妒意及怒氣；她與叔惠也在另一邊相聚了，兩人感到的是後悔不已與無奈。

《半生緣》這部長篇小說，多年來已不斷被人重複的討論、評價、搬上舞台及拍成影視作品等，總是值得將這故事說了又說，探討再探討。故事給人悲傷與慨嘆的感覺，是源

於曼貞與世鈞的愛情經歷滄桑後，最終都是有情人不能成眷屬。假設故事的後期發展到他們四人；曼貞與世鈞、翠芝與叔惠，經歷多年後又重逢時四人仍是單身的，結局又會如何呢？

再來半生緣

假設故事再重來到曼貞被強暴禁錮，世鈞被曼璐欺騙以為曼貞與豫僅結婚，萬念俱灰回南京，與曼貞失去聯絡了。曼貞由醫院逃走了，曼璐這醜惡的害人者終於不得好死了。曼貞回去極力帶走了兒子，不理當時的世俗眼光及閒言閒語，甘心做未婚媽媽，她得到張豫僅以好友的身份的協助，也得到兩個弟弟的支持，與兒子一起生活著。

世鈞回南京後沒有與翠芝結婚，堅決不會和不喜歡的人結婚，雖然會不斷受家人的囉唆催迫，但仍過著孤家寡人的生活，翠芝也一直遇不到合適的人結婚，過著獨身生活，在當時的社會，大齡未婚的女人所受的壓力之大可想而之，叔惠去了美國結了婚又離了婚，多年後，他們四人又重遇了。

世鈞理解了曼貞的遭遇，與她再續前緣，叔惠與翠芝終於可以互相坦白愛意又走在一起了；假如故事發展到如此，再不會有「我們回不過去了」的感嘆，它也不會是一個令人

遺憾、唏噓的愛情悲劇了吧，或許是一個勵志的故事呢！因為故事的主人翁堅守愛情忠於自己吧，未婚媽媽都不算是悲哀，孤家寡人也不算悲哀，舊社會大齡未婚的女人更不是悲哀，原來最可悲最遺憾的是；遇到互相喜愛的人但卻是「有情人不能終成眷屬」。

作者在他們各人都選擇了擁有及曾經擁有婚姻之後，又讓他們重逢，重逢後卻是無奈、後悔、慨嘆，恍如虛度此生？是作者對他們的懲罰嗎？懲罰他們甚麼？懲罰他們選擇沒有愛情的婚姻，懲罰他們與世俗妥協，選擇與不是自己喜歡的人結婚嗎？因為他們都沒有忠於自己，沒有堅持對愛情的執著？

回望半生緣

在遊閱了這般多麼細膩又如此深刻的故事《半生緣》後，我感覺到作者張愛玲對愛情是十分的執著，生活要有愛情，人生要有愛情。搜索了些關於張愛玲的生平事跡：她深愛的人胡蘭成是一個利用她背叛她的偽君子及漢奸，她渴望愛情，她愛他，但他愛的是個人利益，愛的是錢財，他們的愛情是單向的愛情，所以最後她被害得身心俱疲，傷痕累累。

張愛玲嚮往的是雙向的愛情，是兩人互相喜歡互相愛慕的愛情；《半生緣》故事裡主人翁都擁有雙向的愛情；世鈞與曼貞相愛，叔惠與翠芝互相喜歡對方，然而，他們對愛情都不執著不堅持，他們都受不了世俗環境的左右與衝擊，他們都選擇妥協，接受沒愛情的婚姻，到後來又帶著後悔、遺憾、唏噓、慨嘆。

半生緣的下半生——筆者的奇想

世事變遷，故事不經不覺延續了在六十年後的香港。

沈樂明，中環區金融界的上班族人，下個月迎接他四十歲生日的確是令人興奮的賞心樂事；他第二次結婚了，雖然不會像十年前第一次結婚時那麼隆重其事而是較低調簡單的婚禮，但也足夠他與未婚妻忙了兩三個月了。

五年前多得他祖父的鼓勵，才有勇氣結束了那段令人沮喪的失敗婚姻，如是者過了三年單身生活，之後又遇上了現時的未婚妻，現在對過去的不快已煙消雲散了，因為對今次婚姻及他的未婚妻都滿有信心的，深信他們婚後生活會是幸福快樂的。

他祖父已九十有多了，但老當益壯，名叫沈世鈞，他的祖母八年前已不在人世了，名字是顧曼貞。還有他的父親沈昌明，他記憶中父親曾提過自己年幼時曾經是姓「祝」的，後來被這位姓沈的父親改了新名字後便一直姓沈了，舊名字已忘記了，依稀只記得舊姓氏是「祝」。

沈樂明還有兩個叔叔及一個姑姐，另外還有兩個姓許的叔叔和姑姐，是祖父前妻所生的，自少跟著祖父前妻石翠芝生活的，而石翠芝再嫁的丈夫是姓許的，早年已移居美國，但兩家人一直有互相往來，如今沈與許的兩家已成世交三四代人了，縱然，許伯伯與石婆婆都不在人世了。

今次沈樂明打算下個月去美國度蜜月時可帶著新婚妻子，順道前往許家與各叔叔嬸嬸姑姐姑長表兄弟姊妹及眾表外甥一聚了。

談不完的婚姻

記憶不是留在練機裡的眼形

——蘇曼靈

看過多部嚴歌苓作品改編影視，第一次接觸嚴氏文字作品是《芳華》。閱讀剛開始有些難以融入，主要是對北方語言色彩表達的不習慣。十幾頁過去後，感官和思維漸漸適應並進入嚴歌苓模式小說世界。嚴歌苓語言，樸實卻不平凡，俏皮中不失穩重，輕快中不失凝練。

表現形式：以記憶的碎片構成故事

上世紀七十年代的中國，一幫來自五湖四海十多歲有才藝的男女加入文工團，駐紮在西南部的一座殘敗紅樓，朝夕相對，摩擦出一連串青春少艾或荒謬或感人的故事。

「那時候做王八蛋，覺得比正經人還正經。」

作者以「自述體」形式結合順序、插敘、倒敘、散敘，把時間從當年推進到今天，又從今天的角度回溯往昔，以重新理解青春，與當時的年紀對人事物的理解形成對比。記憶

記憶不是留在照片裡的眼形

91

會隨歲月遷徙而促使我們對曾經發生過的事 / 遇到的人進行不同角度和層面的校對和重組。

「林丁丁的成熟和世故是冷冷的，能給荷爾蒙去火」

雖則青春已逝歷史已過，但是，每個人的今天都披著昨日的面紗，每一個朝代都是歷史的衍生。即使一個朝代被推翻被徹底毀滅，新生代依舊存在歷史的痕跡，因為過去的事無法改變，而且「人性」不變。

「劉峰的笑是羞澀的，謙恭的，笑大了，還有一丁點賴，甚至……無恥」

對於大多數人來說，歷經年月後，對青春的記憶早已碎片化。但在作者筆下，青春就是一段由各種碎片組成的不可分割的歲月。

「我（蕭穗子）對劉峰這個嚴重缺乏弱點的人有點焦慮。人得有點人性，有點人的臭德性，太好的人無法令我產生認同感。」

作者以第一人稱全知角度（第一人稱後尚隱藏另一全知，容後解析），把記憶分割為時間的舞台，每一個舞台都有不同人物舞蹈，作者記載或杜撰這些人物在特定時間和地點所發生的事，把讀者帶上七十年代的「青春號」郵輪遊歷。記憶看上去似乎已碎片化，然而處於碎片化的時代，碎片與碎

片之間卻連著不可扭斷的韌帶。

「…他（劉峰）用兩根手指把它（絲襪）提溜起來，農民女兒兩條結實粗壯的腿形還在裡面，好比那雙腿褪下的透明殘破的黑膜，脫線從臀部直到腳後跟。就像提溜蛇皮那樣…」

《芳華》沒有章節之分，對作者而言，青春就是一段往事，存在於宇宙某一空間的整體，作者不希望以任何劃分的方式把對青春的記憶分割開來。

天下事平凡人平凡事，代代如是

故事刻畫出中國某個年代的悲哀：政治運動頻繁花樣百出，批判、背叛，均有功，甚至講別人壞話也被視為是正義和榮耀；上世紀的中國人經歷過內外戰亂及鬥爭，從飢餓貧窮到改革開放和富裕，各種政治運動與經濟改革的過程以至人民扭曲價值觀和人生觀的形成。

唯一不變的是，任何時代的背景與環境，只要有男有女就有激情與愛情。

天下事，無非男男女女這點事。

「…二流子嫌我們不會自我嫌惡。誰不會有自我嫌惡自我憎恨的時候？可我們又有甚麼辦法？因為我們的卑瑣自私，都

是與生俱來，都被共同的人性弱點框定，我們恨，我們無奈，但我們又不得不跟自己和解，放過自己，我們無法懲罰自己，也沒有宗教背景和境界想到『原罪』。」

書中人物帶給讀者的共同思考：除了青春、愛情、背叛，嚴歌苓以她個人的風格探討了一些普世價值：何謂平凡何謂偉大；何謂犧牲何謂永恆。生死存亡是人類永恆的話題，身為一名寫作者，透過人物與故事，激起讀者的深度思考，勾起一代人甚至幾代人對歷史的反思，是可敬的。

除此，作者對何小曼的身世推測描寫，呈現出重組家庭內部矛盾與鬥爭，披露中國傳統姻親觀念對生命的身心摧毀和扭曲。

「她（何小曼）覺得自己被抱小了，越來越小，小得可以被重新裝入母親的身體，裝入她的子宮，在那裡回回爐，再出來時她就有了跟弟弟妹妹們一樣的名分。」

觀點詮釋：影子中的影子，上帝以外的上帝

網上很多讀者評論作者不應該與書中的敘述者蕭穗子穿插交流，這種作者現身「扮演上帝」的全知主觀表達會影響讀者的判斷和閱讀情緒。嚴歌苓在這部作品中的表現，讓我想起米蘭・昆德拉的《生命中不能承受之輕》。寫作手法與表現形式一定要墨守成規嗎？上帝以外難道不可以存在另一個上帝？

又有讀者認為尾段有些倉促。在反復閱讀後，我反而認為平淡而草草的結局與男主角劉峰的人生更般配。

「在他生命的最後幾天，他或許想到自己的一生，想到此生與林丁丁的錯過，全因為他的平凡，被塑成平凡的塑像，擱在冰冷的基座上。非得強調他的平凡，定性他的平凡，才能確保那份平凡的不變，平凡了，才好使喚；對我們來說，平凡的劉峰真是好使喚。於是誤了他一生，尤其他一生的真愛。」

一個做了一輩子好人，助人為樂的人，好得被人認為缺乏人性的人，一旦犯錯，即被眾人唾棄辱罵責備甚至受到加倍的懲罰，以至在越戰中負傷後一心尋死，拖著殘疾的身心最終身患癌症了結一生，只有五個人參加的追悼會又被下一場死祭趕場，怎能不匆匆！草草了結為劉峰的人生劃上句號豈不正是劉峰的人生受失敗的單戀重重抨擊後最大的意願。

褒貶不一但解透人性之作

《芳華》的讀者評論褒貶各異，能寫活自述體並不容易，嚴歌苓對人性了解通透，堪稱故事造型師，筆觸生動，富畫面感的文字描寫兼併穿插嚴氏金句，為閱讀帶來樂趣與反思。（2017 年底，同名電影《芳華》上映。導演：馮小剛，編劇：嚴歌苓）

踏上感官的狂歡之旅

——蘇曼靈

假如，你沒有體味卻嗅覺異常敏銳，了解世界萬物的氣味，卻對自己的體味一無所知，你該如何看待自己的存在？看德國作者徐四金如何以《香水》牽引我們進入氣味的感官狂歡。

對葛奴乙說：

葛奴乙，作者徐四金讓你誕生在十八世紀的法國巴黎最骯髒最惡臭不堪的魚市場，從此，你的命運便在一堆魚肚腸中展開。作者殺死你的生母，並讓所有選擇遺棄你或者你選擇離開的人，都逃不過劫難而永遠無法再親吻晨曦的清新。作者賦予你一具纖弱的沒有體味的軀體，再賦予你異於常人的嗅覺，在你看似淒慘的人生旅途，為你過關斬將。你所到之處，「死亡」相伴相隨，每一條生命的結束，格外彰顯你頑強的生命力。作為一名敘述者，需要多大的勇氣和無情，才能奪走那麼多無辜生命，以助你繼續前行。

踏上感官的狂歡之旅

—2021.06.07—

97

葛奴乙，你出身卑微低賤，卻天賦異稟。與你同在的那幾天，我好想進入你的世界提醒你，徐四金在操縱你的命運，他能夠賦予你一切，也能瞬間奪走。你不該過於信任這個自認是上帝的人。

對徐四金說：

徐四金，你縱任葛奴乙探尋「自我與存在」，慾望的日益放大使他泯滅本該與自己的出身匹配的善良本性。悲涼身世鑄就他頑強的生命力，在惡劣環境中滋生出的韌性如此的冷酷無情。為謀生抑或是為得到世人的認可，「不惜代價去征服和擁有自己的缺失」，成為葛奴乙的生命使命。天才與瘋子僅一線之差。葛奴乙在你徐四金的協助下，從一條可憐蟲變成才華洋溢的殺人犯，並且受萬人膜拜。這種對信念與理想的追求，無畏生死近乎狂熱的執著，作為沒有天賦的平凡人，我本該讚美和欣賞。可是，你賦予葛奴乙的堅持，卻讓我不寒而慄。有多少人可以如此不顧一切只為了達成自己某個願望。這個可憐人，他追求的不是名利，而是一種生而為人的權力。葛奴乙認為，有體味的人才是人。他渴望被世人認可，渴望愛與被愛，渴望一種像他那樣的出身所望塵莫及的仰慕、尊重與肯定。故事發展到最後，你讓葛奴乙回到出生地，並讓膜拜他體味的人啃食至死……很多人說鏡頭下的場景比書中文字描寫更加觸目驚心。這樣的結局，殘忍變

態驚慄唯美。我無數次設想，葛奴乙那麼有才華，非得要死嗎？假如你不判葛奴乙死刑，他的生命該如何繼續下去。我的設想沒有一個比得上你為葛奴乙所做的命運鋪排。如此輝煌的死亡，也算是給了這個不平凡的苦命人一個最驚魂動魄又淒厲完美的歸宿。

對讀者說：

作品透過對氣味的描寫，帶領讀者以嗅覺感官進入故事。看似作者創造了一個泯滅人性的殺人狂，一個怪物，其實，作者所述一切，又都合情合理。從葛奴乙身上，我看到真正的人性。出身低賤的葛奴乙一生都在與命運搏鬥，他有天賦有才華，不失創新精神，工作賣力，也從不張揚不貪圖名利。他唯一的期待是有自己的體味，挑戰香水味覺世界，開拓嶄新的味覺領域。他執著地追尋理想，為自己的身體缺失努力做出彌補，想盡一切辦法讓自己成為一個真正的人，而不是虛妄的存在，並不惜為此而殺害二十多名少女。這個「不像人類的人」，渴慕愛與被愛，因為自己的另類，拉開了與人的距離，他透過嗅覺去辨別人的善惡與性格，並掌握了不同的人性。正因葛奴乙「嗅」到及目擊到人性的醜惡，他寧願選擇死亡，也不想利用自己的才華去征服人性征服世界，這是令人欣賞和悲嘆的。

本讀者溫馨提示：書中有不少驚心動魄的壯觀場面，作者毫無忌諱毫不保留地寫出人類對於快感與慾望的放縱，對恥辱和傷痛的快速遺忘和癒合力。（玻璃心與兔子膽免進。）

自我表述

這也正是文學吸引人去靠近的地方。在文學世界發生的一切，在現實中都有可能存在，優秀的寫作者總能發揮想像力使故事「情理之中，意料之外」，讓讀者不脫離現實又收穫驚喜。《香水》雖然虛構，但是像葛奴乙這樣的人物，在現實中並非虛有，甚至，現實比故事更荒謬更離奇。這本書從一開始，作者就讓葛奴乙帶領讀者的嗅覺一次次邁向深淵和巔峰，刺激感官的同時，讀者的人性善惡與抉擇也受到考驗和挑戰。這種淋漓至盡的敘述手法，使我這個讀者心有餘悸又自嘆不如。

「沒有體味的葛奴乙」在我看來，是一個隱喻：沒有人真正了解自己，我們每天看著鏡子中的自己，卻無法看到真實的自我。所以，我們需要溝通與互動，透過外界與他人探尋和發現真我。

「此刻他的內心深處卻不由自主地升起一股對人們的憎惡感，完全破壞了勝利所帶來的喜悅，他不但沒有因此而感到絲毫的快樂，甚至連一點起碼的滿足都沒有。他原來一直渴望的

事物，也就是能夠嚐嚐被愛的滋味，如今卻在功德圓滿的這一刻，感到無法忍受，因為他自己根本就不愛他們，他恨他們。他突然發現，他沒有辦法在愛中得到滿足，只能在恨和被恨當中得到滿足。」

——摘自書中葛奴乙成為萬人迷後的一段描寫

（2006年，德國導演湯姆‧提克威爾將《香水》搬上銀幕，全球公映。）

一切救贖皆因死亡

——蘇曼靈

　　戰爭和社會動亂背景中誕生的愛情，特別的動人、淒美，一如德國作者徐林克著作《我願意為妳朗讀》。

　　我：十五歲那年，遇到比我年長二十一歲的韓娜‧施密茲，她的神態與舉止，樣貌與體味，甚至神秘感，均深深吸引著我。我將處子之身獻給她之後便愛上她。韓娜的存在使我的心智與身體都漸趨成熟，為了能夠繼續見她，我變得比以前優秀，並在學業上取得可喜成果。可是，在我對這份感情無比迷戀之際，韓娜不辭而別，從我生命中徹底消失。再次相見，居然是納粹歷史罪行審判法庭，韓娜坐在被告席，而我則以法學院研究生身份旁聽並研究案例。我不曾錯過任何一次聽審，透過這樁集中營殺人案例的研究以及對回憶的抽絲剝繭，我終於明白為甚麼韓娜要求我每次做愛前要先為她朗讀一本書，為甚麼一起去旅行我留下字條告訴她去買早餐即回，她以為我不辭而別；為甚麼她拒絕升職而選擇做不需與文字打交道的體力工作……韓娜不識字！

一切救贖皆因死亡

韓娜攬下所有對她不利的指控，包括誣捏她曾經寫
過報告。

我完全可以出庭作證，為韓娜辯解，可是，我沒有
勇氣在眾目睽睽下承認與被告曾經的一段世人眼中
的孽戀而自毀大好前程。況且，我依舊不能原諒她
當年不辭而別對我的傷害。

為了尊嚴與驕傲，韓娜維持了一輩子謊言，寧願背
上罪名，也不希望以文盲的形象面對世人。直到韓
娜判刑，我尚且徘徊在是否對她施以援救的糾結中。
審判結束後，我一直逃避面對韓娜，在所愛的人面
前，我顯得如此怯懦。為此，我終生愧疚。我無法
躍過「世俗」的藩籬。

我：遇上還是高中生的麥克·柏格時，我正擔任車掌職
　　務，我喜歡麥克年輕的身體，他對我的迷戀以及為
　　我讀書的樣子，愈發激起我對他肉體的渴望。可是，
　　我不能讓他知道我不識字，任何人都不能知道這個
　　秘密，不能！

　　在這個亂世，我一無所有，我打破世俗，逾越道德，
　　與高中生發生不倫戀，在歷史的大是大非面前，我
　　唯一可以堅持和維護的就只剩自己的尊嚴。我不記
　　恨麥克在法庭上對我的漠視，並甘願為在集中營犯

下的罪行受到法律制裁。在漫長的牢獄生活中，不斷收到麥克寄來的朗讀磁帶，我開始認字，學習閱讀與書寫。十八年牢獄生活，麥克未曾探訪，更未曾為我寫過一封信，直到我從寬處分即將獲釋。雖然我已為曾經犯下的惘視生命罪負上勞役自己和失去自由的代價，可是，以我的經歷，我的年齡，離開生活了十八年的監獄回歸社會，我還能做些甚麼？我是否有勇氣面對嶄新的生活？我該如何接受贖罪後的「我」？如今，我的頭髮已被歲月褪色，面臨新的人生轉變，我敏感又脆弱，無所適從。於是，在獲釋前夕，麥克第一次到獄中探望後，我選擇了自殺。我把靈魂與肉身永遠地禁錮在獄中，因為只有這裡，才適合安置我的靈魂。牢獄沒有自由，但進來的人，每天都在為贖罪而洗滌靈魂；外面的世界很自由，卻充滿罪惡。

我：這是發生在納粹時期的一段畸戀，作者以第一人稱（男主角麥克・柏格）敘述。

閱讀的過程，我一次次陷入幻想：

假設我是女方，我會否愛上與我年齡懸殊的年輕男子，是否有勇氣向他展示自己較之成熟的身體與思想；

假設我是男方，迷戀一個年齡適合做我母親的女性，我該如何駕馭她，如何把她帶入我的真實生活，我可以為她的人生承諾和做些甚麼？

假設我是文盲的女主角，在納粹歷史罪行審判法庭上被誣捏曾經寫過報告，我是否會戳破自己不識字的秘密以務求減輕判令？

假設我是法學院研究生的男主角，透過每一次聽審與對過往記憶的分析，推斷出曾經深愛的被告不識字，眼看被告寧願為維護尊嚴而攬下重罪，我是否會挺身而出為她辯解？一旦辯解即意味著將過往的戀情曝光，所有的人都會知道我曾經愛上這個犯下滔天罪行的女犯。而在女犯漫長的服刑期，我又會走入監獄探望她嗎？

徐林克把一段不易被世人認可的戀情美化，並帶出納粹戰後的一段歷史。女主角韓娜的存在，讓限知的「我」多次面對人性考驗與抉擇，並使得「我」的人生因與韓娜間那段愛情的美好回憶糾纏並痛苦。

人世間，唯痛苦的記憶最扎實最長久，也最讓人從中反省。

一切救贖皆因死亡！故此，作者讓韓娜即將獲釋的前一天自殺。

韓娜的自殺是可以接受的，也因此，韓娜的人生有了淒美的莊重的完結。

正如典獄長說：「一個人在孤寂了許多年之後，這個世界會不會令她難以忍受？寧可自殺，也比從修道院、從隱居生活重返世界要好？」

總結：《我願意為妳朗讀》的主題圍繞：情與欲，罪與罰，背叛與寬恕；面對歷史的大是大非，人性的美好與敗壞；面對恐懼與悲憫，故事人物的心態取捨。可貴的是：透過故事一層層的展現，作者對男女主角的人性考驗，也考驗了讀者，在道德、正義與自身利益之間，婚姻、愛情與自由之間，我們該如何選擇和權衡輕重；在現實與回憶之間，我們該如何抽離與保鮮。

（2008 年，導演史蒂芬‧戴爾卓將此故事搬上銀幕。該片獲得多項獎項與提名；琦溫斯莉亦因此片獲奧斯卡最佳女主角獎、金球獎最佳女配角、英國電影學院獎最佳女主角等多個獎項。）

一條魚的發現

——蘇曼靈

一條魚跳出水面，發現天空與大海並非相連的，在海天之間有另一個世界的存在。於是，牠開始認真思考那些向大海發問的人提出的問題：活著只是生命的刻板複製嗎？靈與肉的輕重於生命的存在有何關係？媚俗可能對生命造成甚麼影響？死亡的結局是圓滿還是悲哀……

「永劫回歸」

米蘭·昆德拉充滿激情與魄力，在小說第一章《輕與重》，便呈現尼采對生命存在的重量級議題，「永劫回歸」。人生所遇究竟是偶然還是必然？假如生命不停重複和循環／一切都將捲土重來／活著只是生命的刻板複製，如此，「永劫回歸」這個概念可視為詛咒，它使生命喪失美麗與憧憬，喪失獨特性，難道不是對生命的懲罰？作者透過人物托馬斯來回應這種生命現象。托馬斯以「輕盈」譜寫人生，他拋棄妻子，與家人斷絕來往，不對任何女人產生感情，只索求生

理的愉悅，托馬斯嚮往自由與不羈，直到遇上對生命與愛情認真、執著又多質疑的特麗莎，他的生命才有了重量，結束了與女性的「永劫回歸」。截然不同的人生觀，成為這對男女愛情的粘合劑，他們從彼此透視自我，在矛盾中思考對生命存在的差異性。

「靈與肉之輕重」

「靈與肉之輕重」，在當今已是日常話題。可是，生命的輕重是相對還是絕對？孰輕孰重，如何拿捏，對一個生命，究竟有甚麼影響？關於這個問題，作者把焦點投射到特麗莎身上來探討靈與肉的二元性。特麗莎母親的生命只有肉身的枯榮，母親成了特麗莎的影子，她希望擺脫血緣命運，可是心靈卻無法擺脫被母親羞恥行為的摧殘。

「她想要透過身體看見自己，她也經常在鏡裡端詳自己，而因為害怕被母親撞見，這些鏡中的凝望總是帶著偷做壞事的色彩。」

特麗莎經常照鏡子，渴慕從鏡子中關照自我，試圖發現與母親的差異，家庭背景鑄就特麗莎性格軟弱、依賴，渴望忠誠與溫暖，她的性情為托馬斯的生命添加了重量，是愛情讓她發現並重塑自我，征服強勢不羈的托馬斯，這段愛情才

修成正果；薩賓娜的人生觀和愛情觀與托馬斯一樣輕盈如風，兩道風相遇追逐，充滿激情，可是，風無法約束自己，又怎麼可能約束另一道風？托馬斯和薩賓娜嚮往並實現了現實存在中的自由，可是，他們的內心同樣是孤獨的空虛的，並時常感到恐懼和不安，這些心理狀態，為他們的靈魂添了負重。

愛情與背叛

托馬斯認為愛情可能誕生於一個隱喻；與特麗莎的忠誠和軟弱相比，薩賓娜的叛逆和獨立，讓生命看起來更加真實，她愛托馬斯，或許因為從托馬斯身上，薩賓娜感受到一種力量，如作者描述：一種強大的陽剛特質，以及與自己生命同樣的輕盈和叛逆。她不受約束，也不想約束別人，所以，知道托馬斯無法離開特麗莎，她便選擇離開；當弗蘭茨全心全意愛薩賓娜並為她放棄家庭、以為公開他們的愛情是一種愛的忠誠表現時，那種赤裸裸的感覺讓她覺得，愛情世俗化了，愛情不再神聖。即將分手之際，她和弗蘭茨都把對方當成馬來騎，「倆人各自向他們渴望的遠方馳騁而去，倆人都陶醉在即將解救他們的背叛之中。」從對托馬斯和弗蘭茨的愛情分別可見，薩賓娜對愛人的離棄不是背叛，而是捍衛和尊重自己的愛情觀；特麗莎的背叛，反而出於對現實的迷失與反抗。

這個複雜的愛情故事，每個角色都最終走向自己的歸宿。關於愛與背叛的故事有很多，這部小說卻是我偏愛，因為書中涉及的主題：忠誠與背叛，強與弱，靈與肉，輕與重……這些，豈非每個讀者想豐富自己的生命希望為之添加或已添加的體驗。

「生命的悲劇總是可以用『重』這個隱喻來表達……薩賓娜的悲劇不是重而是輕。壓在她身上的不是一個重擔，而是不能承受的生命之輕」

雖然昆德拉以悲劇人物定義薩賓娜，然而，托馬斯和薩賓娜這兩個人物，對現實的反抗，對生命的自我實現，以及對愛情的信念，豈不比任何一個人更清晰更堅定，甚至帶有詩意。

媚俗

同時重視靈魂與肉身的人，希望「二元」平衡，那麼，平衡與平庸的距離是遠還是近？平衡的普遍性，會不會即成「媚俗」？

這部作品中，昆德拉對「媚俗」提出各種博弈。他認為，媚俗的源頭，是對存在的全盤認同。然後他又反問：存在的基礎是甚麼？托馬斯寧願放棄醫職去幹洗窗的苦力活，我不由得佩服他反抗媚俗的勇氣。

　　薩賓娜離開正受侵略的祖國前往德國，當地一個政治團體把她包裝成被逼害的藝術家為她舉辦畫展，她提出抗議並憤怒地說：我的敵人不是共產主義，是媚俗！

　　看到此，我不由想像：假若我不認同自己國家的政治手段與氛圍，以受到政治逼害為由，向其他政權或國家投懷送抱，如果僅為了避難，尚可理解，但是，如果「跪下」是出於自私的考慮為自己的前途與未來謀求私利，那麼，我將會怎樣地鄙視這個我。

　　一個人可以偶爾媚俗一下，但卻不能製造媚俗，因為媚俗的產品是不道德的，是不善良的，是會毀滅人類的……

　　正如特麗莎的夢引來的一句敘述：「媚俗是一座屏風，遮掩著死亡。」

生命的歸宿

　　作品的敘事手法是跳躍性的。全書分七部篇章，每一部都具備獨立存在的條件，同時又為下部曲的發展構成與元素留下伏筆；前面六部，作者從不同敘述者角度，將四個重要人物的情感、心性及成長背景、家庭、工作逐一呈現，各種議題時空交錯形成張力，所有情節的推進都為了迎接第七章的到來。四個生命都得到該有的歸宿。特麗莎和托馬斯的死，

並不是悲劇，而是愛情與生命的溫馨、浪漫的歸宿與和解，此視為圓滿。

作品的語境

原著以捷克語書寫，第一次出版是法語。筆者閱讀的是台灣譯者尉遲秀根據法文譯本的翻譯。雖然無法閱讀原著，但透過譯作，不難看出昆德拉的語言藝術。比如第二部中描寫特麗莎母親的一段：

「母親大聲擤鼻子，把性生活的細節告訴大家，把假牙展示給人看。她可以用舌頭巧妙地一頂，就在一張大笑的嘴巴裡，讓上頜的假牙落在下排的牙齒上；她的臉一下子變得讓人不寒而慄。」

從譯文看，估計原文並沒有用上多麼了不起的華麗的詞藻。充滿動感又細膩的描寫，體現出作者對人物表情與行動的觀察，對人性的了解。

昆德拉賦予作品的生命力

昆德拉在作品中表達的諸多主題立場鮮明對峙，充滿張力，配合時空交織穿插，以尼采的「永劫回歸」，帶領讀者不停反思生命的常態。小說以 1968 年蘇聯入侵捷克時期為時

代背景，側面描摹出在政權壓逼下捷克知識分子的生活狀況，愛情主題軟化了作品中的政治意涵和哲學觀念。米蘭·昆德拉對生命、愛情、婚姻、存在、政權的獨特見解，透過四條生命去展示和博弈，使讀者從表淺中破壁，或感悟或啟發。

如作者所言：可「重」真是殘酷？而「輕」真是美麗？

死亡是喜悅還是悲哀？活著該取輕盈還是沉重？

假如我們剔除生命中的沉重，讓生命輕盈，那麼，當我們回憶的時候，這樣的生命，還有甚麼值得珍視？

（本書於 1988 年改編為電影《布拉格的春天》，由菲利普·考夫曼導演，丹尼爾·戴 - 劉易斯，朱麗葉·比諾甚，和麗娜·奧琳主演。獲多種電影獎項。）

探討生命與人際關係

——章品

　　我向來認為好的書名是成功的一半，當我看到《我想吃掉你的胰臟》一書，不禁勾起了好奇心，拿起書本用拇指翻翻頁。誠然，如此獵奇的名字絕對是吸引讀者的地方，但真正巧妙的，是與書名完全不匹配的封面，包括漂亮的櫻花、橋上看似互不相識的男女主角、還有河中的亮麗倒影，作者也算是明確地告訴一眾讀者，這是一本愛情小說。

重病開首的橋段

　　曾經有位教小說創作的老師告訴我，與病死有關的愛情故事漸成了忌諱，簡而言之，就是俗套濫情，故意催淚，千篇一律。當然，如何在典型的公式尋找突破點，一直是作家奮鬥的目標，住野夜的小說絕對是成功的作品。小說開頭已明言，「我沒有出席山內櫻良的喪禮」，而在故事結尾，沒有發生任何奇蹟，奇幻的 happy ending 不存在，但卻無損內容的可讀性，沒有多餘矯揉造作。畢竟，小說往往是意料之外，情理之內才引人入勝吧。

探討生命與人際關係

　　女主角櫻良知道自己的胰臟患上重病，而為了與朋友們維持正常關係，讓自己能度過校園生活，刻意隱瞞自己病情，另一邊廂則為自己的餘下的日子寫下日記，命名為「共病文庫」，意即與病魔一起生活的文檔。某日，她在醫院進行身體檢查時，「共病文庫」被男主角「我」無意中看到，翻開兩頁後，看到這個駭人的事實。而「我」又是誰呢？就是一個毫不起眼但戴上主角光環的同班同學，愛自閉地閱讀文學，為人木訥而不擅溝通的普通男生。就是這樣，病情被一個路人甲知曉後，開始了一段不是男女朋友的特殊關係。

　　書名《我想吃掉你的胰臟》，來自櫻良對「我」的話語，大概的意思是以形補形，玩笑式的想吃掉主角的胰臟，而主角的回應是「小小的器官拯救不了你的生命。」如此的妙問妙答，在小說中出現過很多次。往往進攻的一方是櫻良，反攻的一方是「我」，但沒有勝負可言。按主角之言，「我」是被人拖著前進的，由圖書館內被合作、一同吃燒肉內臟到暢遊太宰府也是如此，因為對方邀約而自己沒有拒絕的話，就變為自己失約，犯下誠信原則，那麼赴約成了唯一的選擇。而男主角成功保持個人誠信到最後……儘管，沒有去到櫻良的喪禮。

以悲傷來探討生命

關於生命探討上，櫻良多次巧妙地調侃自己的病情，除了刻意去食內臟外，還告訴主角「面對死亡的好處只有一個，那就是每天都真實地感覺自己活著」，瀕危病人訴說疾病的「好處」，是個對生命說個令人哭笑不得的笑話。小說中兩次的「真心話大冒險」（大概是《六樓後座》的 true or dare），是向讀者心中下了兩下重擊。第一次是在男女主角旅行至夜間時，機緣巧合地住在同一間房，在被「我」審犯式問了一大堆問題後，櫻良在最後一回遊戲中問道：「如果我說，我很害怕死亡，你會怎麼樣呢？」還記得，戲院中的觀眾看到這一幕，自然地定格了數秒；同樣地，小說讀者也會在此刻受到精神衝擊，一個笑臉迎人、樂觀開朗的女主角，突然爆出一句令人轉換心情的話語，帶著微笑中換個憂鬱不歡的表情，想必自身一定飽受了病魔多年煎熬，與熱愛生命的心靈價值長期掙扎，感受到那一種悲涼與無奈。

死亡與生存是相對的，兩種概念需同時地思考。與死神戰鬥的醫學，又是否如「我」所言，「能使患重病活不過一年的少女，在不讓他人察覺的狀態下毫無異常地生活」，那麼，苟延殘喘又是否一種生存模式呢？第二次的真心話大冒險，是發生在櫻良住院期間。主角「我」察覺到櫻良有難言

之隱，藉遊戲問道：「活著是甚麼來的？」這個問題，不妨先問問自己。能思考？有靈魂？懂喜樂？這個是沒有答案的，但可粗略地解讀，所謂活著，一定不是有心跳、腦幹功能正常等等醫學概念。來參考一下櫻良的答案：「活著就時跟某人心意相通，那就叫做活著」；「我覺得我和他人的關係，就是我活著的意義，而不是別人的⋯⋯就跟你和我都是因為自己的選擇，所以現在才在這裡活著一樣。」我想，這就是一種美滿的人際關係所生的安全感及存在感，才會意自己活著的時刻。

病人非病死的無奈

相處日久，漸生情愫，隨著劇情推進，主角在櫻良出院後約會。第一個令人在意的，是被媽媽問道：「是交了女朋友嗎？」家人往往最容易察覺一個人的變化，令「我」開始反省，這種變化是一種受他人強迫的行為，還是一種自己的選擇？到底「我」何時開始抬起頭來，望望他人呢？在餐廳裡等待櫻良時，「我」拿起手機，發了一個聯繫「我」和「你」的短訊：「我想吃掉你的胰臟。」一股浪漫湧上心頭之際，作者就來給讀者開了個要不得的玩笑——櫻良被無目標殺手殺死了。「世界對所有人是公平的。」生老病死中的死，如何演繹，結論也是一樣的，櫻良是病死或是被殺也沒相干，

所謂的公平是可以這樣理解的。此外,不得不讚許作者的伏筆,一個只在報紙頭條出現的枝節,卻成了一處行文中的重要轉捩點。

餘下的催淚情節,就是櫻良以「共病文庫」與主角作最後的對話。「共病文庫」內文最值得一提的一句,是她問主角:「為甚麼你從來不叫我的名字?原因是不是你害怕名字賦予了一種意義,令我們成為朋友或戀人呢?」其實關於「名字」的意義與闡釋,例如新海誠《你的名字》。簡單而言,就是給予一種身份的存在價值,而不是孔乙己那種可有可無的存在吧。至於主角如何理解櫻良的話語?是不是他已經由獨行俠變為在意他人?還是他只是繼續嫌人際關係是種費力的事?但是,主角已經沒有任何理解與駁斥,因為對話的對象已經不存在了。

人際關係的解讀

起題中的人際關係,女主角櫻良又如何解讀呢?「共病文庫」中,櫻良提到自己是非常憧憬主角。這的確令人摸不著頭腦,何解一個萬人迷會對一個自閉男有興趣。原來一個很多朋友的人,可以是沒有安全感,倚靠他人為自己存活的依據,而主角是剛剛相反,完全是為自己而活。那麼,主角

「自己」到底何時融入了他人呢？答案就是「她」的出現，主角亦不得不承認，一直以來的相處是自願而不是被迫的，一個沒有名字的男生，與一個沒有未來的女生，就以這樣交織在一起。最後，櫻良再次用「我想吃掉你的胰臟」形容兩人的關係，而主角打開櫻良的手機，看到「已讀」，下一秒，就是主角和讀者一起淚崩了。

為了迎合大眾口味，輕小說多以校園生活作題材。除了一般的愛情橋段外，《我想吃掉你的胰臟》最令人感到深刻的是在探討生命及人際關係，櫻良和男主角有兩套截然不同的生活模式，其實，人應該是為人而活還是為己而活的？如果有人告訴你一年內要向天國交人，餘下的 365 日又如何才算是善用時間呢？即使經過反省及踏出改變的第一步也是非常困難的，所以，櫻良叫主角嘗試與她的姊妹恭子交朋友，換來的是一記耳光，諷刺地告訴我們知易行難，亮麗的活著從來不是輕鬆的事情哦。

探討生命與人際關係

廣大世界的陌生人

——森一

　　曾看過一句英語：「Don't be a stranger」。例如，在某同事離職前的最後一天，彼此珍重地道別之時，其中一句很口語又充滿人情味的說法是：「Don't be a stranger. 別成為陌生人啦！」意思就是彼此要保持聯繫。

　　是的，人與人之間，甚至人與世界之間，要是失去聯繫，彼此的關係斷裂了，那就變成 stranger，陌生人了。這使人聯想起法國作家阿爾貝・加繆（Albert Camus）寫的中篇小說《The Stranger》。

　　《異鄉人》，又譯《局外人》，法文原名《L'Étranger》，英譯《The Stranger》。是卡繆首部廣受注意的暢銷中篇小說，於 1942 年發行，1957 年獲得諾貝爾文學獎，1967 年於義大利拍攝成電影。

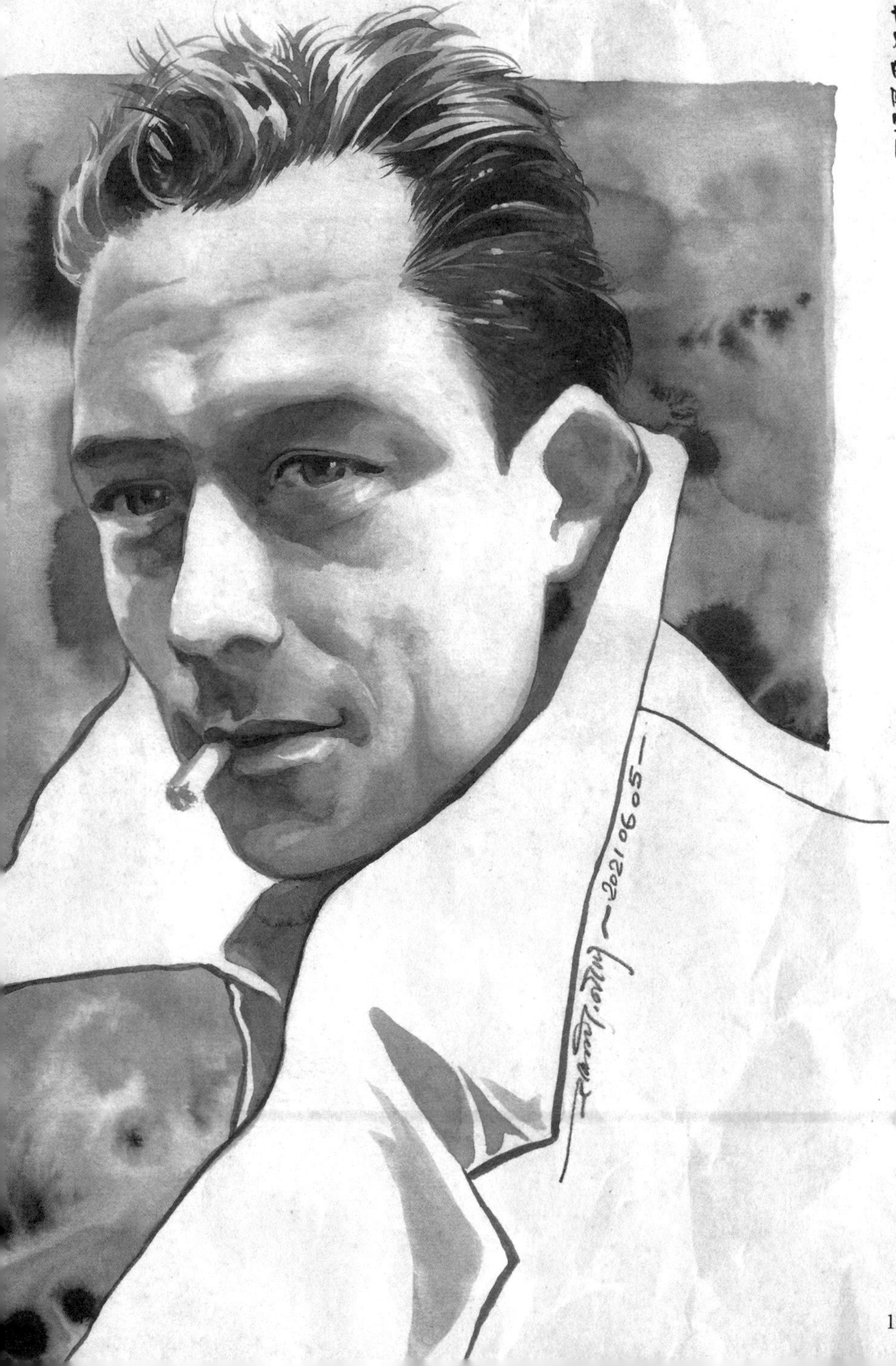

廣大世界的陌生人

內容大要

全書內容很簡單，是主角默爾索面對三次死亡的故事。第一次是默爾索自己母親的葬禮，第二次是他誤殺一位阿拉伯人，第三次是他被判斬首之刑。全書共分兩個部份，由第二次死亡劃開了前後兩部份。

主角默爾索的人生幾乎可以說淡如白開水，他活著，但對周遭一切人事，都表現得冷漠，沒有感情的聯繫。例如，書中提到「今天，媽媽死了。也許是在昨天，我搞不清。我收到養老院的一封電報：『令堂去世。明日葬禮。特致慰唁。』它說得不清楚。也許是昨天死的。」

默爾索的母親去世，這就是《異鄉人》前半部份，故事的開端。在母親的喪禮上，默爾索流汗卻沒有流淚，拒絕看母親的遺體，反而欣賞著四周的風景，渴望之後可以連續睡十二個小時，並且為此而感到開心。翌日，他與女朋友一起去游泳，看電影。以上種種，亦成為他後來誤殺人，面對審訊時，被認為是冷酷無情的證據。

默爾索是一個很特別的人，他安然接受母親之死，有女友，卻不愛她，只認為如果要結婚都應該是可以的，面對人事和社會，欠缺情感，但對自然的變化非常敏感，持續對四周觀察入微，那代表甚麼呢？從這些可以看出，主角一直在

抽離的狀態，用陌生人的角度看世界，與周遭格格不入，無法融入，對群體而言，他就像是局外人。

默爾索本來可以避過殺人的命運，卻因為對四周的漠不關心，他拒絕了上司向他提出往巴黎出差的提議，亦沒有好好回應女友希望婚後往巴黎的要求，反而莫名其妙地，答應了一位不太熟悉的朋友，去海邊渡假的邀請，踏上誤殺人之不歸路。由於被太陽曬得頭暈目眩，誤以為一位阿拉伯人對他不利，在糊裡糊塗下，向對方開槍，隨著槍聲響起，默爾索才突然驚覺，從今以後，幸福離他遠去，苦難即將降臨。

小說的後半部份，場景轉去了審訊與牢獄。一場莫名其妙的審訊開始了，審判者沒有對默爾索的殺人事件進行查證，反而根據他在母親喪禮上沒有流淚，翌日與女友去游泳看電影等等的表現，認定他是冷血無情的人，從而推測他並非錯手，而是蓄意殺人。律師曾經要求默爾索，裝作對母親之死非常傷心，但是他拒絕律師的要求。最後，因種種荒謬理由，進一步被推上斷頭台。

存在、荒謬與救贖

殺人之後被捕，是默爾索生命的轉捩點。在這之前，他的人生沒有大起大落，對四周無感情聯繫，以局外人之姿存在於世。當他因種種荒謬理由，失去自由坐在牢內，並意識

到自己真會被判死刑，知道自己即將失去生命，由那刻開始，他驀然醒覺自己過去是幸福的。

主角在獄中之時，用了好些方法去渡過每一天，例如幻想自己比住在樹洞裡好，然後幻想自己在一間屋子裡不停遊走，發現細節。主角有一番話，非常撼動人心：

「就這樣，我睡大覺、進行回憶、讀那則新聞報道，晝夜輪迴，日復一日，時間也走過去了。我過去在書裡讀到過，說人在監獄裡久而久之，最後就會失去時間觀念。但是，這對我來說，並沒有多大意義。我一直不理解，在何種程度上，既可說日子漫漫難捱，又可說苦短無多。日子，過起來當然就長，但是拖拖拉拉，日復一日，年復一年，最後就混淆成了一片。每個日子都喪失了自己的名字。對我來說，只有『昨天』與『明天』這樣的字，才具有一定的意義。」

坐牢的日子越久，他越深刻地體會到，從前是幸福的，在人生的最後時光，他竟開始有點喜歡這個世界，並且感到自己當下亦是幸福的，最後他坦然面對死刑。

「第一次向這個冷漠的世界敞開了我的心扉。我體驗到這個世界如此像我，如此友愛融洽，覺得自己過去曾經是幸福的，現在仍然是幸福的。為了善始善終，功德圓滿，為了不感到自己屬於另類，我期望處決我的那天，有很多人前來看

熱鬧，他們都向我發出仇恨的叫喊聲。」（另一翻譯為：「當我被帶赴刑場時，『希望』有咆哮的群眾在四周吶喊。」）

這本小小的書，只要用心地看，不經不覺便會被觸動，看至默爾索在牢獄中的心路歷程，甚至不禁落淚。是的，從書中會發現生活中面對的種種苦難，不合理的、令人憤怒的事，原來這一切，是有答案的，那就是荒謬。〔（Absurdism），又譯荒謬主義，是哲學術語，於存在主義中用來形容生命無意義、矛盾、失序的狀態。〕

默爾索存在於世，面對荒謬，與世界的關係斷裂，就像是一個陌生人。默爾索為反抗荒謬，拒絕裝作傷心，拒絕向不合理的一切和解。直至即將行刑，他終於與世界重新聯繫，找到了自己的本質，從前他只是一具活著的軀體，但最後終於成為有血有肉的人。肉身即將死去，他卻得到了救贖。

存在主義文學的代表作

《異鄉人》是存在主義文學的代表作。書中內容旨在描寫人類社會中的荒謬，藉此表達人是存在於孤立疏離之間以及生活的荒謬性。1960 年，作者阿爾貝·卡繆因車禍逝世，結束短暫一生，享年只有 47 歲。

出售解決方法的雜貨店

——武丁

東野圭吾是香港人熟悉的推理小說作家，2008年香港轉播《神探伽俐略》，劇中主角湯川學物理學教授以科學知識幫助警方破解犯罪懸案。劇集吸引很多年輕觀眾，也讓東野圭吾人人皆知！東野的作品超過百本，深受讀者喜愛，日本、香港及台灣的書店喜歡放在當眼的地方。東野是一名工程師，工餘時間創作小說。27歲已經獲得日本推理小說新人獎「江戶川亂步獎」。他信心大增，決定辭去工作，全職創作小說。

東野圭吾的小說特色

日本推理小說主要分為兩大派，「本格派」，以驚險離奇情節及耐人尋味詭計，解開縝密細緻的殺人事件，挑戰讀者的智慧，好像《金田一殺人事件》。當中以江戶川亂步為開山鼻祖，代表作《二分銅幣》。相對於「本格派」，「社會派」比較寫實，以殺人事件反映社會現象。代表作家有松本清張與森村誠一。東野的作品融入「社會派」與「本格派」特色，既有縝密細緻的情節，同時亦反映社會現象。日本以「寫實本格派」評論東野的風格。2012年，東野破格創作「解憂雜貨店」，一改推理小說的風格，以「人情味」貫穿全書。故事開始以三名年輕小偷深夜藏身於「浪矢雜貨店」內，穿越時空三十年，敦也、翔太與幸平三位年輕人解答三十年前寄信人的煩惱。

解決煩惱的雜貨店

雜貨店主人浪矢先生，被附近的小朋友戲弄，故意把浪矢（NAMIYA）念成煩惱（NAYAMI）。小朋友看見店內白板寫著：「接受顧客訂貨」。對浪矢說：「爺爺，我們可以找你解決煩惱嗎？」自始，小朋友把問題寫上，丟進閘門上的郵遞口。浪矢用心回答，隔天把回信放在後門的牛奶箱裡。過了一段日子，解憂雜貨店免費諮詢服務不脛而走，很多人都尋求浪矢的意見。浪矢訂下諮詢守則：

1. 諮詢人不需要透露真實姓名，浪矢也不可以洩露諮詢人的私隱。

2. 每一封信浪矢都認真思考，真實作答。

3. 不准偷看別人的信件。

理想與愛情的抉擇

其中一名主角敦也，發現有一封信從捲門外投入店內，偶然發現是三十年前的信件。信件諮詢人「月亮兔」，是奧運候選人，努力練習，競逐翌年奧運會代表資格。不幸男朋友罹患癌症，時日無多，希望爭取時間相處，但便要放棄集訓，讓男朋友失望。幸平斬釘截鐵回覆「月亮兔」，奧運會只是大型運動會。「月亮兔」大感驚訝。後來發現日本杯葛

1980 年莫斯科奧運會，她最終明白「既然愛他，就應該陪伴到最後」。

留下足跡的音樂

克郎是一名對音樂充滿熱誠的大學生，毅然放棄學業，專心創作音樂，但未能成功，得不到唱片公司認同。克郎回鄉參加祖母的葬禮，受叔叔責備，不體諒年老多病的父親。父親艱苦經營鮮魚店，結果，父親病倒入院。父親了解兒子的音樂夢，定下「男人的約定」，克郎必須執行對父親的諾言，「即使打了敗仗也沒有所謂，一定要留下自己的足跡」。克郎猶豫之間，寫信給浪矢諮詢。三位年輕人以浪矢名義，催促「鮮魚店音樂人」照顧年老多病的父親，接管經營鮮魚店。他們偶然聽了克郎在雜貨店門外吹奏的音樂，竟然發現是將來紅遍全日本的名曲《重生》。他們轉而回信鼓勵克郎，「有人會因為你的樂曲得到救贖，你創作的音樂一定流傳下來」。

克郎輾轉到了一家名為「丸之園」的孤兒院獻唱。「丸之園」意外發生火災，克郎為了拯救一名小孩犧牲了生命。小孩的姊姊最後成為紅遍日本的歌手，以歌曲《重生》，紀念克郎捨身救人。

財富的積累與分配

　　晴美是公司小職員，晚上到夜店兼職伴酒女郎，受到紙醉金迷的世界迷惑。晴美原是「丸之園」孤兒，幸好被親戚接回家。但親戚體弱多病，耗盡積蓄，生活拮据。晴美希望賺取更加金錢，讓養父母安享晚年。晴美現有一位夜店客人，游說她當情婦，每月給她不菲的生活費。兩難之間，晴美以署名「汪汪」咨詢浪矢的意見。翔太、敦也、幸平看完「汪汪」的信，決定以日本未來經濟狀況幫她一把賺取豐厚財富！八十年代日本股票與房地產飆升，「汪汪」須努力投資房地產。但到了九十年代，泡沫爆破，必須賣掉所有房地產，轉移投資電腦及創新科技股票。晴美聽從他們的建議，累積了豐厚財富。輾轉拯救了「丸之園」財務危機。故事結尾巧妙地讓這三位年輕人誤會了晴美的意圖，深夜闖進晴美家中偷竊及教訓她，綑綁著晴美。翔太在晴美的手提包發現一封信，信中「汪汪」由衷感謝「浪矢」。原來晴美所得到的一切，都是翔太三人的杰作。

美中不足之處

　　東野圭吾可能不善長時空交差佈局，當中的情節有些牽強，例如：浪矢吩咐兒子在他死後三十三年後刊登復活通告（浪矢應該不知道有互聯網），告知所有諮詢人投信到

雜貨店，但浪矢預早知道是那一天，他與兒子重回雜貨店收信。又例如：翔太等人在店內可以使用互聯網查閱資料，但店外的時間快慢各有不同，兩者時間上太多巧合！最後翔太在綑綁晴美之時，已經看了浪矢的信，但他們事後回到雜貨店才引發一連串事件。當然《解憂雜貨店》不同推理小說這麼嚴謹，但本書主要寫「情」，而且角色之間互相關連，情節十分感人，無論電影以及小說都是大家喜愛的作品。日本電影版 2017 年上映，廣木隆一執導及改編，刪除了一些小說犯駁的地方。日本開畫票房超過六億日元（四千二百萬港元）。台灣開畫創下日本電影紀錄，票房超過五千五百萬台幣（一千五百萬港元）。電影的中國版本由韓杰執導，董韻詩監製及韓寒作藝術指導。中國版故事背景及人物名稱全部更改，失卻小說原來韻味。

一眾作者自我介紹

灰羊：姓名鄧敏儀。是位基督徒，從事建築物料測量。亦是結廬學社公關，酷愛閱讀與創作，及介紹基督教屬靈書籍。

杜薇：小時候開始了做閱讀筆記的習慣，退休後加入結廬學社，擴潤了眼界，並學習寫閱讀報告與會友分享，怡然自得。

南山哲也：真名鄧寶華，結廬學社成員。喜聚談說文藝，處身繁華鬧市，便無喧囂之感。那「結廬在人境」，偷閑得相互砥礪，論說文史，哲也。

林馥：原名林麗香，香港小說創作者，長篇小說有《宇宙傳說》《網路巡邏隊長》，中篇小說有《日語教室》《雨後的彩虹》《原罪者》《2067》《秋夜》《太空任務》《跨時空會議》及海外發表閃小說有《機械人亞一》、《意外》等等。

黃能能：平凡又生活簡單的寫字樓上班族人，工作以外除了吃喝玩樂，還喜歡寫寫畫畫看看書，也喜愛探討人性的

醜陋面，遊歷過的國家不到三十個，現時感覺自己越來越愛自由，越來越愛民主，今年也將特朗普封了為我的首席偶像。

蘇曼靈：獨立文創者，熱愛觀察與思考。在冰火中兼行，肉身與靈魂傾軋，相生相剋相棲相息，使生命充滿張力。

森一：新詩、散文詩、微型小說、短篇小說散見中港澳台文學報、文學雜誌、報刊、散文詩集、新詩集等等。

章品：一個毫不起眼的 80 後中佬，喜歡日本動漫卻不懂日文，擅長發佈莫名其妙的偉論，忙於上班外就是寫漫畫或輕小說評論，暫時著有《香港人看日本動漫》一書，IG 是 3month_comics，望到這個人介紹的你，拿起手機追蹤我吧。

武丁：「武丁」是商朝第二十五位國君，在位 59 年，力挽日漸衰微的商，討伐四方蠻夷外族，積極開疆拓土。史稱「武丁中興」。

插畫師：羅士賢——多媒體達人，從事工業生產，藝術雕塑，潮流玩具開發生產，最近重啟三十年沒畫畫的右手，做漫畫主筆完夢，希望留住夕陽咁話……

後記

閱讀與分享的美好時光

因為參加楊老師的寫作班而連結，有同學提議定期聚會談文說藝，不經意也十五年光景。然而回憶過去的同時，把結盧書會的主題用文字再呈現，便是車馬喧中讀書的樂趣。

在整理文章時，原來會有新發現。曾經討論過的作家石黑一雄，已獲頒授諾貝爾文學獎，而他的作品《別讓我走》，亦再一次改編成電視連續劇，在日本 TBS 播放。劇集由綾瀨遙、三浦春馬和水川麻美共同演出，海爾森成為與外間世界隔離的陽光學苑。

複製人從小接受教育，並且被賦予器官奉獻的任務。這正正是作者的叩問，也是人生思索之所在。正如劇中人物的吶喊：如果我們的生命從一出生就不屬於自己，就請不要給我們思考的能力。

結盧的書會暢聚令我留下深刻印象。回憶是上蒼賦予人類最珍貴的禮物，感恩曾經走在一起的美好時光。

南山哲也

沙漠中的點點水珠

話說在大半個世紀以前，香港已被稱為「文化沙漠」了。但當其時人們還會看小說、也會去電影院去看看電影。隨著時代「進步」，互聯網的發達，資訊的爆炸，大家都集中在手機上看短片、短篇時事、或會間中看一看劇集、電影。拿著書本去看的人極少。瞧著這樣的歷史進程，相信將來只能在博物館內，才可以看見「書籍」。在這段過渡期間，有一些「Bookaholic」的愛書人，仍想盡一盡綿力，企圖延長這段時間。

結廬學社也是其中一員。社員對著書本愛不釋手，沉迷閱讀並喜愛介紹和分享好書。彼此聚會交流好書已經有十五載了。然而，大家都有一份心意，希望能將大家的書籍介紹，寫下來結集成書，將那些好書推薦給更多人。為了挑起讀者的興趣，我們揀選一些曾拍過電影的好書來介紹。經過大家努力筆耕、彼此相討和支持、編輯組織和管理，這部書終於可以面世了。

　　縱觀各位社員推介的書籍，都是內涵豐富而意味深長。
許許多多不為人知的潛意識、掩藏心內的人性，都透過生活
中的顏色、香味、旋律、觸覺、感受、情緒、或喜或悲、時
善時惡，一一紛澄。縱使「我赤身出於母胎，也必赤身歸回」
（聖經 約伯記 1 章 21 節），我們都希望，好好地活過。就讓
那些電影、小說，記錄著我們曾經熱烈而錯綜複雜的感情、
在冰冷的鋼筋森林內而困不住追求美善奔放的內心、卻陷入
自私慾望的泥沼裡不能自拔。

　　只要我們的脈搏仍然跳動，我們仍然需要書本。希望這
部書能給你一些慰藉，在枯燥乏味而冷漠孤單的生活裡，仍
然知道有一伙人，明白你的溫柔與邪惡、快樂和悲傷。

灰羊

讀與萃汲……

關於閱讀，不同讀者對同一作品的理解，深淺各異。閱讀過程中，除了與作者同在，以及盡量避免錯誤解讀之外，能否透過作品激起另類思考（弦外之音），對作者與讀者同樣重要。這樣的閱讀，使作品昇華，並賦予作品二次或多次生命。無論正確解讀或是延伸理解，均與讀者的知識面、閱讀面和人生經驗關係密切，這三個條件越是成熟與豐厚，閱讀的過程越能收穫喜悅並順利感知作者賦予作品的生命及生命以外的存在。

《香水》和《我願意為妳朗讀》分別為台灣洪翠娥與張寧恩的中譯文本。由於不了解作者徐四金與徐林克的語言風格特色，以及翻譯過程無法避免的或缺失或調整或轉變，筆者在此僅記下閱讀過程的感觸與領悟，及其故事結構和人物形象的塑造。

世界在聆聽，他們在聆聽。別以為你看了書評，就算了解了作者與作品，再精彩的閱讀分享，也遠遠不及閱讀原著帶給你的觸動與體驗。

蘇曼靈

書影
文心

車馬喧中讀書樂

POP 032

作者：結廬學社

編輯：章品，倖儀，AnGie

設計：4res

插畫師：羅士賢

出版：紅投資有限公司

地址：香港灣仔道 133 號卓凌中心 11 樓

出版計劃查詢電話：(852) 2540 7517

電郵：editor@red-publish.com

網址：http://www.red-publish.com

香港總經銷：聯合新零售（香港）有限公司

台灣總經銷：貿騰發賣股份有限公司

地址：新北市中和區立德街 136 號 6 樓

電話：(866) 2-8227-5988

網址：http://www.namode.com

出版日期：2022 年 7 月

圖書分類：流行讀物

ISBN：978-988-8556-03-8

定價：港幣 80 元正／新台幣 320 圓正